無常的覺知

蕭蕭、白靈、羅文玲　編著

感恩文化部的支持與補助

目次

（三）愁予呵氣

河中之川
　　——與鄭愁予對話 .... 林燿德　225
山水常青詩情在
　　——有使命與沒有使命的鄭愁予 .... 黃智溶　233
人道關懷的詩魂
　　——專訪鄭愁予先生 .... 林麗如　241

編者序
用生命寫詩的仁俠詩人鄭愁予

詩人楊牧說：

他以清楚的白話，為我們傳達了一種時間的空間的悲劇情調。

詩人瘂弦提到：

鄭愁予飄逸而又矜持的韻緻，夢幻而又明麗的詩想，溫柔的旋律，纏綿的節奏，與貴族的、東方的、淡淡的哀愁的調子，造成一種雲一般的魅力，一種巨大的不可抗拒的影響。

鄭愁予，一九三三年出生於山東濟南，本名鄭文韜，河北人。「愁予」的筆名出自於《楚辭·湘夫人》：「帝子降兮北渚，目眇眇兮愁予」。幼年隨軍人父親轉戰大江南北，故閱歷豐富，自稱：「山川文物既入秉異之懷乃成跌宕宛轉之詩篇」。十六歲即出版詩集《草鞋與筏子》，來臺後，持續創作，有詩集《夢土上》、《衣缽》、《窗外的女奴》等，直至一九七九年洪範版《鄭愁予詩集Ｉ》，二〇〇四年洪範版《鄭愁予詩集ＩＩ》，才呈現鄭愁予詩作的完整風貌。

二〇一一年周大觀文教基金會頒發「二〇一一年全球熱愛生命文學創作獎章」給有「仁俠詩人」美譽的鄭愁予，彰顯他長久以來詩寫和平、化詩為愛的精神。並出版得獎作品《和平的衣缽》，為「鄭愁予和平永續基金會」籌募基金。

甫辭世的樞機主教單國璽曾說，「凡人看事物用的是肉眼，而詩人看事物用的是靈魂，在詩人的筆下將事物賦予生命，詩詞是文學最

高結晶，鄭愁予創作《和平的衣缽》述說和平的意義，希望這本書能發揮能量，成為和平的催化劑。」

「仁俠」有超出常人的一面，這就體現為超越「齊家」的理念而以「治國」為其基本使命，當「齊家」與「治國」發生衝突的時候，要毫不猶豫地選擇後者，犧牲前者，是為「仁俠」。歷史上這樣的典型極多，也為人們所傳頌，就詩人而言，屈原就是最高典範，如鄭愁予所說「那是美的永恆！屈原回答了自己的天問！」。可見，中國詩人的歷史自覺性和使命感遠較西方詩人為早、為更強烈。西方詩人受形而上學的影響，更傾向於抽像哲思，直至二十世紀才由海德格爾（Martin Heidegger, 1898-1976）真正提出詩人現世的偉大使命：「這個時代是貧困的時代……然而詩人堅持在這黑夜的虛無之中。由於詩人如此這般獨自保持在對他的使命的極度孤立中，詩人就代表性地因而真正地為他的民族謀求真理。」，但這一聲音在中國激起的迴響反而可能比在西方更宏大。

鄭愁予與明道大學的深厚因緣，起於二〇〇八年十月，由蕭蕭所籌畫的「濁水溪詩歌節」，邀約鄭老師前來演出第一場，接著由明道大學中文系所規劃的二〇一一年湖北秭歸端午詩會，鄭愁予、隱地、白靈、蕭蕭等詩人以及彰化師大蘇慧霜教授，一起到長江三峽邊屈原故里秭歸參與盛會。二〇一二年五月在彰化屈家村舉辦「兩岸鄉親祭詩祖——屈原銅像致贈大典」再次邀約老師上台朗頌〈宇宙的花瓶〉，為屈原銅像渡海來台給予最好的祝福，活動結束後這一群曾經到過秭歸的朋友一起到新社「又見一炊煙」用餐，席中鄭老師曾言及瘂弦多年前跟他提議詩學論述集出版之重要，在那詩情畫意的山中夜晚，促成今日《鄭愁予詩學論集》叢書的問世。

《傳奇鄭愁予：鄭愁予詩學論集》，蒐集近五十年（1967-2013）論述鄭愁予詩作之重要論文七十餘篇，分為四部。第一部《〈錯誤〉

的驚喜》是鄭先生名聞遐邇、震動華人世界之名詩〈錯誤〉的品鑑與賞讀，橫看側視，峰嶺盡露，尚有隱藏於雲霧霜雪之外者，猶待多竅之心靈隨時神馳。第二部《無常的覺知》則為詩人詩作之所以興的最初動心處的探尋，對於生命情懷與語言經營，總在無常的覺知下多所儆醒，既然中外古今世事無常，詩篇論作觸鬚所及，還有算沙之餘、雲外之思可以騁騖，可以賡續思索與觸悟。第三部《愁予的傳奇》與第四部《衣缽的傳遞》收入系統性學術論述，運用古典詩學與西洋主義流派，兼具感性與理性，在情意與情義之間出入，在游世與濟世之間優遊，在意識與意韻之間吐納，既有今日鄭氏傳奇之細部描繪，復有明日衣缽傳遞之重大期許，《傳奇鄭愁予：鄭愁予詩學論集》於焉燦然完備。

蕭　蕭、羅文玲　謹誌
二〇一三年小滿之日於明道大學

（一）

名篇賞析

剖析〈春之組曲〉

辛鬱

一

　　「以柔克剛」，是鄭愁予的詩作所表現的最大特色。讀鄭愁予的詩，誰都會感到，他的詩是那麼華美、纖緻，如果用一些既成的字眼來形容，可說是玲瓏剔透，美不勝收。他的詩富色彩、富聲音，意象的造設雖然單一，但極具立體感。一旦進入他的詩的境界，被瑣碎的日常生活所牽礙、所困鎖的心靈，一定會獲得相當程度的解放，即使那種關係尚未達到水乳交融的階段，至少，你會被他的詩的嫵媚感動，進而對他的詩產生一種愛悅的情愫。這也許就是「柔」這個字所產生的魔力吧？但是，「柔」並不表示鄭愁予的詩屬於抒情的一面，或者，過分的女性化。「以柔克剛」，也不是單指對讀者產生何種程度的媚力。鄭愁予詩中的「柔」，是一種強韌的柔性表現，實在它也是一種力的表現。鄭愁予以這種強韌的柔性表現，征服讀者的心靈，它給予讀者的，便不只是訴諸快感的形式的美，而是在內容上，他的詩能給予讀者真實的感受；這一感受是訴諸心靈的。

　　因為這樣，鄭愁予的詩顯現了它的特色，而這一特色，在當前詩壇是唯一的。

　　「以柔克剛」，如果以通俗的字眼解釋，意思也就是說，鄭愁予有一種特殊能力，在處理詩的語言，造設詩的意象方面，能以極為平

凡但實在的字眼，加以組合而使他的詩的語言，與詩的語言所烘托的意象，別具新的意義。這不是技巧的玩弄，因為，玩弄技巧的結果，是徒具詩的形式，看似華美，實質上卻是一堆經過妝扮的文字，毫無意義可言。好比一張用脂粉塗起來的臉，洗盡鉛華，便露出了皺紋雀斑。玩弄技巧的詩，如果抽離裝飾性的文字，就會像洗盡鉛華的臉，讓人看到滿篇醜陋。鄭愁予不是技巧主義的詩人，但他執著於美的塑造。美的塑造也許得借助技巧，但這不是為技巧的技巧，這是——必須肯定的說——為內容的充實，為一首詩的藝術性的完整。

鄭愁予為了一首詩的藝術性的完整，他絞盡腦汁，苦苦經營，但他絕不以玄想幻思，作為營造一首詩的基礎，他也不從某一種觀念著手，或抓到一個意象，套取另一個意象，而組成一首詩。他是經過深長的思索，和觀察事物的過程，然後有了確定的意念，才著手營造的。他的用字遣句，務求達到準確、典雅，這是他處理詩的語言上的功力表現，確是勝人一籌。在意象造設上，他的詩沒有情緒的痕跡，在情緒化了的當前詩壇，這是更令人另眼相看的地方。何以當前詩壇很多詩作都是「我……」「我……」「我……」，在詩人主觀情緒的溝壑中打滾，而鄭愁予能突出這一現象，另作表現呢？這一定是鄭愁予的內心的坦朗豁達。

作為一個詩人，要先天下人之憂而憂，亦必「先天下人之樂而樂」；痛苦與快樂，每每是詩人創作的養分。但若為痛苦而痛苦，或一味歌讚快樂而忽視痛苦，詩的表現必然偏倚。陷於情緒傾訴的詩，多半出於這兩種情狀，如果追究原因，不外乎詩人心地的不夠豁達坦朗。

豁達坦朗，並不表示與痛苦不相關，拿鄭愁予來說，他的詩沒有表現痛苦嗎？不。他的內心沒有痛苦嗎？不。但他把痛苦化為一種支持自己生命的力量；由於痛苦，他更堅強的面對了生命的逆流，並且

因此而旁及他人，他的詩的表現便不再是個人主觀情緒的傾訴。痛苦這種養分，對於一個詩人來說，是要勇敢的去咀嚼的；不然，不能消化痛苦，詩的表現便是個人主觀情緒的傾訴，那樣的詩，是沒有價值的，而且，也沒有美感。

對於快樂（是廣面的），不能盲目歌頌讚美，否則就會流於形式，除了表面的意義，而失卻實質上的感受。對快樂的歌讚，應該切入核心，追求快樂的本源，而不在皮相。鄭愁予的詩，在表現這一情操方面，是能給予讀者實質上的感受的。同樣地，他消化了痛苦的養分，使之成為他生命的力量，而表現在詩中，也能給予讀者實質上的感受。

鄭愁予是怎樣在詩中表現了他所體察的痛苦與快樂呢？上面說過，他有獨特的處理詩的語言的能力，有別致的造設詩的意象的方法。讀他的詩，只覺得文字是那麼美，節奏是那樣流暢，意象之間顯現著事物的動態，總能給人一種立體感。同時，更重要的是，他的詩是有所表現的，不是虛無主義，更不是形式主義：他的詩是有所表現的，在早期，是給了讀者的感受，陶冶了讀者的身心，在近期，除了美的感受陶冶了讀者的身心，更有了深刻的意義，充實了讀者的生命。而在這有所表現中，蘊蓄著快樂，也蘊蓄著痛苦；這是大家的快樂，大家的痛苦，不只是鄭愁予的。他的詩使許多心靈交融，但是，他沒有絲毫強制的企圖。為什麼他的詩可以不落一點強制的痕跡，導致許多心靈的交融呢？這就是他創作的特色：「以柔克剛」。

他不聲嘶力竭的叫囂，他不扭捏花巧的賣弄，他不走虛步，踏踏實實的，他把得之於生活的體驗，生命的感受的一切，去蕪存菁後展放在讀者身前。他的詩沒有火爆味，但是生命的戰鬥意味，仍明白的透現。他的詩沒有教義條理，而時代的意義卻明晰的出現在字裡行間。不像一般詩人，要玩些把戲，而名之為「現代」，他的詩不是形

式上的「現代」，而是精神上的「現代」。他務求真實的寫，他把握了中國文字的特性，盡力避免歐化以契合中國文字的特性，因此，他的詩是親切的、溫厚的、純粹的，詩的語言與意象的柔性，克服了事物，也克服了讀者的心靈。

也許鄭愁予對舊詩詞的學養，使他得以靈活的運用文字，但是，他不是一個單以文字運用技巧取勝的詩人，他的詩除了文字技巧的優越，更優越的是內容表現。一般人都明白，技巧上本身並非目的，它是用來傳達作品的內容的，但是拋開技巧，傳達的任務便不能達成。鄭愁予的寫作技巧，是上乘的，他的詩兼備了音樂和繪畫的功能。鄭愁予明白，詩是獨特的藝術，它是超乎一切藝術之外，而以音樂和繪畫的文字組織成功，以表現深刻且雋美的非散文的意境。詩人在創作前，必須以高度的熱情去探索，其時必有心靈內在的情緒的音樂，和想像的繪畫，隨著事物的形象而浮現。而在創作中，這情緒的音樂和想像的繪畫，也必隨著意象的造設和語言的鍛鍊，而成為詩的原質存在於字裡行間。一首詩，不能沒有其他音樂和繪畫的美之濡染。如果一首詩抽離音樂和繪畫的美之濡染，便會陷於窒息。鄭愁予明白這些，他在經營一首詩的創造時，便能顧及音樂和繪畫的美之濡染，因此，他的詩在節奏上是那麼流暢，在文字的構建上也有了立體感。不過，他不落俗套，他是有創意的處理著詩的節奏和立體感（也可說是文字的能動性）。其次，就鄭愁予的詩的意境來說，他的營造不是急就章，不是偶感和即興的吟唱，而是經過了深思熟慮，慢慢寫成的。文學是一種「溫火燉雞」式的人生事物，詩尤然。鄭愁予的詩不是沒有瑕疵，但是卻很少，他的近期作品，雖不免有彫鏤之弊，致使某些詩句跡近拼湊，然而並不傷害全詩的完整。所謂「官知止而神欲行」，鄭愁予的詩的最後境界，必能達到無技巧之技巧，脫去皮毛，而表露晶瑩如玉之事物的肌理，以給予讀者心靈的最高享受。

二

〈春之組曲〉這首詩，是一闋柔性的戰歌，它使人聽來不會有浮躁空泛之感，但精神卻為之振奮。

鄭愁予從事長詩的創作，為時並不久，特別是詩中帶含敘事的成分，這在他前期的作品中，甚屬少見。〈春之組曲〉的敘事成分，好處在不誇張而務實，不虛飾而真切。當前詩壇有很多敘事的長詩，但通篇盡是誇張而不務實，虛飾而不真切的字眼，這樣的詩能給人何種感受呢？帶含敘事成分的詩，所表徵的事物，必有它的源頭，這源頭大凡皆為歷史的一頁。〈春之組曲〉的源頭，也出於歷史的一頁，但它不是遙遠的洪荒時代，也不是漢唐的某一片段，它是與生存在這一時代中的人切身相關的。因此，讀這首詩時，人們不會感到陌生，只覺得距離是那麼近，那些意象都那麼熟悉。這豈能不使心靈為之感動嗎？如果，讀這首詩時而毫無所感，這人一定是冷血的人；因為他對他的國家漠不關心。

〈春之組曲〉是一首務實而真切的詩，但是，詩中務實而真切的敘事成分，並不牽強湊合。因為這樣，〈春之組曲〉便仍有華美、纖緻的一面，保持了鄭愁予的詩的特色。且在語言的鍛鍊，意象的造設方面，依然兼顧音樂和繪畫的要素，在詩中呈出多色彩的層次，和多變的節奏。〈春之組曲〉是鄭愁予繼〈革命的衣缽〉，〈仁者無敵〉這兩首長詩之後，又一次表現了他的創作觀，在局部從盒的抒寫而進入群性的抒寫，這意味著走向現實的傾向，並沒有什麼不好。走向現實，並不是文學的現實主義，怎樣打進了鄭愁予的心，他的走向現實，是在表示他要活生生的生活在他所要表達的過去裡面，譬如他具有歷史的感覺，他活在他的歷史感覺裡面，一旦現實的生活景象觸及

他的感覺，而產生彼此的契合，他便從歷史感覺中走出來，用現時的文學語言，作最正確的表達。

鄭愁予明白，「現實」和「現時」不是一個東西。現時屬於現象，屬於時間，屬於歷史，現實卻是現時最高的真實，它的形象顛撲不破。唯有現實屬於藝術，而藝術雖不是人生，卻來自人生，只要掌握現實——那現時最高的真實，一部藝術作品便不愁缺乏時代的精神。

但是，更應該明白的是站在現實前面，並非站在一個抽象的觀念前面，詩人表現自己孕育的世界，垂青於歷史裡面遇見的人物，以他們的行為言語，加在創作的生命上面，如果用抽象的手法出之，不僅傷害歷史的真實，也傷害了現時的心靈，這便不足取。

〈春之組曲〉是鄭愁予走向現實的產品，唯其出自真實，便沒有站在一個抽象的觀念前面的弊病，因此，它才感人，才顯出價值。

鄭愁予為什麼要寫出這樣的一首詩呢？這工作如此艱辛，如果筆鋒稍一偏倚，就會全盤皆空；不僅不能達到意圖表達的目的，反而會遭到冷目相看。但是，文學創作除了自慰以外，還有一個更大的目的；它是為人的存在舉證，為一時代的存在舉證，進而導致一人與一時代的向上發展。

〈春之組曲〉就是在為個別的人的存在舉證，也在為個別的時代的存在舉證，而此個別，在精神上卻是脈絡相通的。

由於鄭愁予有著這一意圖表達的目的，他便不自以為苦的讓自己活生生地生活在過去的事物裡面；為了發掘他創作的背景，他經歷了幾個時代，以及在這幾個時代中人們的崛起與殞滅。這是包含著痛苦與激喜的，在這痛苦與激喜中，更有著奮發昂揚的意義。而這意義，是鄭愁予要發掘的。這意義，更是這時代的人們應該深刻體會並追求的。

是什麼意義呢？〈春之組曲〉的字裡行間，明白的告訴人們，那是一種時代精神的意義。鄭愁予所發掘的每一時代精神的意義，是一種革命的、愛國主義的精神，這一精神經由滿清末年到民國的創建，又經由抗日救國戰爭到今天，它使人看到熱血沸騰，看到前仆後繼的革命者的一言一行，這對當代的人們來說，是多麼親切，多麼熟悉！

但是，鄭愁予不要人們僅僅只覺得親切，覺得熟悉，那是不夠的。緬懷不能了事，唯有學習先前時代的革命者們的言行，唯有在當代的人們──特別是青年們──心上，喚起革命的情操，讓奮發昂揚的時代意義，為每一個人所體察，而奔向愛國主義的大纛下，為一個收關一切生命的使命而獻身，〈春之組曲〉才算完成了他的表現。

鄭愁予為此而寫〈春之組曲〉，這值得人們敬重。但是，人們會不會在讀了〈春之組曲〉，而有所不感悟呢？這問題值得探討。首先，應該看看這時代人們的──特別是青年們的──言行。

這時代，不是一個耽於逸樂的時代；僅為了追求生活的溫飽以及有關生活的享受，不是人生的目的。社會的經驗繁榮，對人們要求的生活享受，雖然具有刺激作用，但是，不能作適度的調節，而把要求生活享受的慾望，導引到對生命的追求，那就不是正途。今天，就有不少人捨棄對生命的追求，只顧個人生活享受的滿足。他們的國家觀念，建立在政府的能不能給予他們生活享受的滿足上面，他們鄙視勞動，對於革命的使命，更是畏首縮尾，如果他們有愛國心，那只是表現在他們對社會經濟繁榮的喝彩聲中；因為社會的經濟繁榮，能滿足他們的物慾。這現象是令人痛心的，鄭愁予發現了這一點，而且他又在過去的事物──創作的背景──中，發現先前的時代本質上是與這時代血脈貫通的，不同的是，這時代的人沉溺於物慾的追求與滿足，而前一時代的人，卻鄙棄物慾，獻身於生命真實意義的追求。

於是，詩人揚聲吶喊：

青年哪

讓鄉土進入心的殿堂塑你要塑的神

讓感動溶於血　釀造熱情世世代代的芬芳

不論為什麼　或什麼都不為

將有一些水花永不在時間的瀑布中失去

鄭愁予唱的不是濫調，生命的真實意義在這幾行詩中活生生的躍動，作為一個激盪的時代中的中國人，豈可耽於逸樂，讓生命消蝕在爵士音樂、咖啡、麻將等等的侵害中？看看先前的時代中，人們是怎樣為了追求生命的意義，而作著奉獻：

然後　每人涉過自己的易水

當生死的痛楚都通過母親

訣別是另一種橋

…………

…………

題絕命詩於麻布的袷衣

有許多這種夜

促膝爭論　把臂唏噓

當締造一個國度一如焦灼的匠人

那時　除了血　烈士沒有什麼可以依靠

革命不是一種遊戲，它的成功要以血來獲得，然而，在這時代，有人卻懼於流血，吝於以自己的血去灌溉那株秋海棠；他們不是冷血的，在物慾的競技場上，他們不是漲紅著臉在拚命爭取勝利嗎？

鄭愁予不能忍受這現象，於是，他又唱著：

然而　不是唱唱就算了的

沿著鐵路　公路　以及數不清的橋樑和山谷

刀　槍　鋤頭　迅速地集合

橫過祖國六千里浴血的前線

集合在命脈如縷的新創口

抵抗　抵抗　誰要侵略誰就得一寸一寸地死去

還有什麼比這奉獻更有意義呢？為了國家命脈的延續，不壯烈的赴死真是一種恥辱。

然而，在今天，詩人雖然以「春花」象徵了這時代的絢爛的未來，但在詩人內心，卻不禁要問：

中華孩子們純樸的靈魂

會不會：

在先烈碑林的感動下復甦

〈春之組曲〉的主題在這一問題上表現了出來，作為這時代的人，面對這一莊嚴的主題，是應該深思並且立即進行自身的改造的。然後，讓我們：

把愛挖了根移植給祖國

三

一首詩雖不必含有真理，然而含有真理的詩，內容上一定更為深醇有味，更為充實感人。一首詩也不一定滲入理智的成分，但是理智與感情淨化後產生的詩，一定更為精鍊。

「真」與「美」是宇宙的至上至神，文學中詩的創作是要能觸到

它的一面，並加以表現；無論用什麼內容和形式都可以。鄭愁予的
〈春之組曲〉證實了這一點，他也為詩的創作開始了更為廣大的領
域。

——選自《新文藝》139期（1967年10月）

一朵流落的雲──鄭愁予

周伯乃

年青的水們，上昇，他們是愛上昇的……那些年青的水們，

原想成星星的，但不幸都成了流落的雲

──鄭愁予：〈海的內層〉

我們常常聽到人說，鄭愁予的詩是寫在雲上。寫在水之湄。寫在夢土上的……。

儘管他寫在那裡，他的詩總是飄散著一種芳美、一種音響、一種美麗得使人想偷偷地擁抱的那種麗姿。他的詩，就是那樣具有一種魅力，一種任何人都無法拒絕他的化入的魅力。

如果說一朵雲有多少麗姿，他的詩就是那朵飄逸的雲；如果說一泓溪流有多少音響，他的詩就是那一泓清澈的溪流。

鄭愁予，本名鄭文韜，早年畢業於法商學院，著有詩集《夢土上》、《衣缽》等。曾獲得第二屆青年文藝獎金新詩獎。現正在美國愛荷華大學作家工作室研究。去國之前，一直任職於基隆港務局。

鄭愁予是被許多人所喜愛的詩人。他的詩真具有明快的音樂節奏，他的詩深沉而不晦澀，明朗而不流於說白。他好像一起步就搶入了現代詩的內圈，他緊緊地繞著那一個核心在展示他的詩才。他不做作、不矯飾，不刻意舖張意象；他的詩有一種飄逸、灑脫的情致，就像那雲，那多姿的雲。

他運用其靈巧的語言，和明麗的意象，表現出一種獨特的風格，一種屬於鄭愁予的風格。這種風格正被一群群的年輕詩人傳頌著、模仿著。在《七十年代詩選》中，有一段短評說：

> 鄭愁予是一位聲音響得最久且最令人心儀的詩人。他的『偉大感』，往往是隱藏在一條個人所開闢的川流不息的意象的小河中。他的詩最成功之處首在他的豐滿的語言，次在處理方法的嚴謹，三在節奏動向的明快，四在自身散灑的飄逸。在中國當代詩壇從沒有一個人能像鄭愁予那樣蘊育著那麼巨大的力量。

我始終覺得鄭愁予的詩，有一股內流力，它悠悠地流過讀者的心田，使讀者產生一種感動、一種顫抖。那夢幻般的微顫，使人有一種不可抗拒的壓力，溫柔且芳美。現在我們先來讀讀他早年的作品：〈鄉音〉。這是一九五四年二月間發表在《現代詩》季刊上的一首詩。後來被編入《十年詩選》和《六十年代詩選》中。

> 我凝望流星，想念他乃宇宙的吉普賽，
> 在一個冰冷的圍場，我們是同槽拴過馬的。
> 我在溫暖的地球已有了名姓，
> 而我失去了舊日的旅伴，我很孤獨。
>
> 我想告訴他，昔日小棧房炕上的銅大盆，
> 我們併手烤過也對酒歌過的——
> 牠就是地球的太陽，一切的熱源；

而為什麼挨近時冷，遠離時反暖，我也深深納悶著。

第一句「我凝望流星，想念他乃宇宙的吉普賽」，這是一個明喻的手法，用流星的隕落比喻遠別的故鄉和故鄉的親人，甚或是他自己

的童年，他們都像吉普賽般的流浪者，好像永無停息、休歇似的。而他「在溫暖的地球已有了名姓」，也就是說，他已經找到一個定點、一個存在。而那些流浪的同伴，卻是他曾經同槽拴過馬的。如今，都像流星般的消失了，所以，他感到很孤獨。

第二段是寫友情的可貴，寫他和他的同伴，曾經在一起的歡欣，但為什麼會在一起時，反而不會感覺到可貴呢？「為什麼挨近時冷，遠離時反暖，我也深深納悶著。」

這首詩之可貴，是在於作者那自然流露的真摯情誼，那跳躍的意象，就像藍空的星星，熠閃著耀眼的光澤。

〈小小的島〉是在同年五月間發表的，在這一段時間裡，他的產量特別多。在《野風》月刊和《現代詩》刊，幾乎每期都能讀到他的詩。

> 妳住的那小小的島我正思念
> 那兒屬於熱帶，屬於常青的國度
> 淺沙上，老是棲息五色的魚群
> 小鳥跳響在枝上，如琴鍵的起落
>
> 那兒的山崖都愛凝望，披垂著長藤如髮
> 那兒的草地都善等待，鋪綴著野花如果盤
> 那兒浴妳的陽光是藍的，海風是綠的
> 則妳的健康是鬱鬱的，愛情是徐徐的
>
> 雲的幽默與隱隱的雷笑
> 林叢的舞樂與冷冷的流歌
> 妳住的那小小的島我難描繪

難繪那兒的午寐有輕輕的地震

如果，我去了，將帶著我的笛杖
那時我是牧童而妳是小羊
要不，我去了，我便化做螢火蟲
以我的一生為妳點盞燈

　　這是一首頌歌愛情的詩。作者用的是以物寄情的手法，首先是寫那個島的美景，寫那座島的種種情景，如常青的樹木、花草，以及淺沙上棲息的五色的熱帶魚，和枝頭雀躍的鳥兒，這些都是象徵著那島上的快樂與青春的氣象，而這些也正是他所思念的。所以，第一句作者就抱自我融化入那個美麗的島上，這是可以增加讀者的親切感。

　　第二段是將人與物的情感交替編織，形成一種以物喻人，和以人喻物的效果。「那兒的山崖都愛凝望」，「那兒的草地都善等待」，這是很鮮美的形象，它可以比喻男女之間的愛的凝望，也可以比喻男女之間的愛的等待。

　　第三段是寫作者的獨白，他感覺到那難以形容的美，縱使用盡所有的美好的句子，也難以描繪，描繪那小島的美景，雖然他是用了那麼多的形容詞，但是作者還是深感不足表現他的心意。

　　第四段是一個結語，它表現出作者對那個島的嚮往，也表現出他對愛的祈求。「如果，我去了，將帶著我的笛杖，那時我是牧童而妳是小羊。要不，我去了，我便化做螢火蟲，以我的一生為妳點盞燈」。

　　在這首詩中，我們可以看出作者的誠摯的愛，一種溢自內心的純真的愛，是多麼的美麗動人啊！

　　〈情婦〉是另一種愛的展示。這是一九六○年八月間發表在《筆

匯》雜誌上的一首詩。

> 在一青石的小城，住著我的情婦
> 而我什麼也不留給她
> 祇有一畦金線菊，和一個高高的窗口
> 或許，透一點長空的寂寥進來
> 或許⋯⋯而金線菊是善等待的
>
> 我想，寂寥與等待，對婦人是好的
> 所以，我去，總穿一襲藍衫子
> 我要她感覺，那是季節，或
> 候鳥的來臨
> 因我不是常常回家的那種人

這是一首現示人物特性的詩，他表現出作為一個情婦的寂寞與忍耐長期等待的悲哀。這是極富有戲劇性的表現，作者抓住了情婦的共惟（Generality）的展示，是小說家們和劇作家慣用的手去。鄭愁予在詩中抓住小說的效果，使「寂寥與等待」成為情婦的普遍現象。當然，除此以外，作者也暗示了人性的悲劇感，一種等待的孤寂。

第一段最值得玩味的是那句「高高的窗口」，所象徵的長遠的等待，以及那畦「金線菊」的暗示，都很顯然的告示出作為一個情婦的寂寞感。

「我想，寂寥與等待，對婦人是好的。」一語點破了這首詩的主題。

「所以，我去，總穿一襲藍衫子」，這是要她有一個習慣，這個習慣包括她的等待，她對季節轉變的直覺，因為他是不常回家的那種人。

　　我想這首詩的最大特色，除了表現人物的特性外，而最主要的還是詩的本身就具有一種節奏的諧和美。而且作者並沒有用典，卻有著一種耐人尋味的深沉、一種奧秘。

　　和〈情婦〉一詩具有同樣深沉與奧秘的，而又同時能令人感到一種明麗意象的，就是〈盛裝的時候〉：

　　　　我如果是你，我將在黑夜的小巷巡行
　　　　常停於有哭泣的門前，尋找那死亡
　　　　接近死亡，而將我的襟花插上那
　　　　方才冷僵的頭顱
　　　　我是從舞會出來，正疑惑
　　　　空了的敞廳遺給誰，我便在有哭聲的門前
　　　　那門前的階上靜候，新出殼的靈魂
　　　　會被我的花香買動，會說給我
　　　　死亡和空了的敞廳留給誰

　　　　我願我恰在盛裝的時候
　　　　在有哭泣的地方尋到
　　　　尚未冥化的靈魂
　　　　我多麼願望，即使死亡是向地獄
　　　　我如果確能知道這一點
　　　　我便再去明日的舞會，去忍受女子和空了的敞廳
　　　　哎，如果我是你，一位耽於快樂的美少年

　　這首詩是感傷的（Sentimental）。作者運用兩種不同的情感的衝突：一種是死亡和空了的敞廳，所激發的恐懼與孤寂感；一種是盛裝後的舞會的逸樂。這是兩種完全不能協調的情緒，而作者就抓住這兩

種不同的情感的反應，放在同一空間中展出，產生一種對比的效果，令人覺悟到一種生命的意義。

我不敢說這首詩有什麼特別的暗示，但至少我想作者是企圖在生與死之間，以及苦與樂之間找尋生命的意義，找尋那些真正屬於人的存在的意義。

生活是一連串的苦痛和逸樂編織而成的，一些人一生耽於逸樂，一些人一生都沉於痛苦的懺悔；而另一些人是兩者兼具，時而逸樂無度，時而痛苦不堪，他永遠在這兩者之間翻騰、掙扎。

「盛裝的時候」似乎是透過生與死之間的概念，來呈現出作者對人生的態度，他既不懼於死，也不喜於生，只是一種無可奈何的活著而已，活著去忍受女子和空了的敞廳。

詩的目的，並不是為了闡釋某種哲理，但如果能在表現以外現示某種哲理，也並非不可。而鄭愁予的「盛裝的時候」，多少總有一種哲理的存在，這個哲理並不是作者刻意嵌進去的，而是在表現以外所現示的一種內心的召喚，這就是我們所謂的弦外之音，它帶給人另一種快感，是詩以外的一種快感。

詩的最大功用（如果有所謂功用的話，而我個人是始終反對詩有任何預期功用的），是要引人進入一個靜寂的沉思的境界，而不是誘人走進喧嘩的世界。它必然有所肯定、也有所否定。肯定的是我們的內在生命的意義，而否定的是那些所謂形式、教條之類的冗繁。

〈生命〉是鄭愁予企圖有所展示、有所肯定的詩。

> 滑落過長空的下坡，我是熄了燈的流星
> 正乘夜雨的微涼，趕一程赴賭的路。
> 待投擲的生命如雨點，在湖上激起一夜的迷霧
> 夠了，生命如此的短，竟短得如此的華美！

偶然間，我是勝了，造物自迷於錦繡的設局

畢竟是日子如針，曳著先濃後淡的彩線

起落的拾指之間，反繡出我偏傲的明暗

算了，生命如此之速，竟速得如此之寧靜

這首詩是很不宜於詮釋的，猶如一個人的生命不能詮釋是一樣的。但我們的確能感悟其內在的真境，正如我們可以感知生命的價值與意義一樣。

從形象的創造上來看，這首詩已經達到極致。第一行「滑落過長空的下坡，我是熄了燈的流星」，以及第三行「待投擲的生命如雨點，在湖上激起一夜的迷霧」，這都是非常明麗鮮活的形象。形象的把握與創造，是現代詩人創造作品的第一要素；沒有形象的詩，不是流於散文的說白，就是淪為文字的堆集。

第二行「乘夜雨的微涼，趕一程赴賭的路」，這個「賭」字我覺得用得很巧妙，尤其是對鄭愁予來說，這個「賭」是含有多層意義的。如果說生命是一場賭博，我們不是正一步一步地邁向赴賭的路嗎？「偶然間，我是勝了，造物自迷於錦繡的設局。」然而，生命是如此的短，如此的速。我們該如何去把握那短暫的華美，我想這就是詩人所要肯定的生命的意義。

鄭愁予是這一代詩人中，最善於操作文字語言的傑出詩人，他的詩永遠是那一種富有中國風味的韻調，好像毫不費勁地撿拾起詩的晶瑩，然後把它陳列在大廳裡閃耀著華麗的光澤。他的詩有古典的韻致，卻沒有古典的深奧難懂；他的詩有現代的表現技巧，卻沒有現代技巧的痕印。他是真正融化了現代各流派的表現技巧，而變為自己獨特風格的詩人。

　　如果我們用「現代」與「傳統」來界定鄭愁予的詩，我相信我們都會很失敗，因為他的詩根本就不能從中界定的。他的詩是揉合了傳統的精神和現代的技巧所創造的，既不是傳統也不是現代，是一種獨特的表現；他表現了一種溫柔的美，一種純樸的真，是可感而不可知的，是可悟而不可釋的。他從不高聲亂嚷也不摩拳擦掌，他永遠用著他那低調的柔情訴說著他的心意，展示其思想的成熟，這就是鄭愁予的詩，也就是他獨有的特質。

　　　　　　　　　　　　　——選自《自由青年》（1969年9月）

柔性的戰歌
——談一首被忽略的詩

辛鬱

一

在熱切的期待中,《鄭愁予詩選集》終於出版了。這冊詩集包含了鄭愁予所寫的最好的一些詩評,然而很遺憾的是,卻沒有把發表在《幼獅文藝》上的一首長詩——〈春之組曲〉——選入集中。

也許是偏愛吧,個人對〈春之組曲〉的印象至深,因此不顧對理論的缺乏修養,而想就個人粗疏的見解,談談這一首被忽視的詩。

二

〈春之組曲〉這首詩,是一闋柔性的戰歌,它使人讀後精神為之振奮,而不會有浮躁空泛之感。

鄭愁予從事長詩創作,是在一九六一年之後,特別是詩中帶著敘事的成分,這在他前期的作品中,其屬少見。〈春之組曲〉的敘事成分,好處在不誇張而務實,不虛飾而真切。帶著敘事成分的詩,所表現的內含,必有它的源頭。這源頭大凡皆為歷史的一頁。〈春之組曲〉的源頭,也出於歷史的一頁,但它不是遙遠的古代,也不是漢唐的某一片段,它是與生存這一時代中的人切身相關的,因此,它使人

讀來，更能深有所感。

〈春之組曲〉是鄭愁予繼〈革命的衣缽〉、〈仁者無敵〉這兩首長詩之後，又一次表現了他的創作觀，在局部從對個體的抒寫進入對群性的抒寫；這意味著走向「現實」的傾向。走向現實，並不是文學的現實主義，怎樣打進了鄭愁予的心，而是表示他要活生生的生活在他所要表達的事物裡面。譬如他具有歷史的感覺，他活在他的歷史感覺裡面，一旦現實生活的景象融及他的感覺，而產生彼此的契合，他便從歷史感覺中走出，用現時的文學語言，作最正確與真實的表達。

鄭愁予明白，「現實」和「現時」不是一種東西。現時屬於現象，屬於時間，而現實卻包容時空，它是現時的最高真實，它的形象經由藝術的處理，將永遠存在。藝術雖不是人生，卻來自人生，只要掌握現實——那現時的最高真實，一部藝術作品便不愁缺乏時代的精神。

但是，更應該明白的是站在現實面前，並非站在一個抽象的觀念面前，詩人表現自己孕育的世界，垂青於歷史裡面遇見的人物，以他們的行為語言，加在創作的生命上面，如果用抽象的觀念來表現，不僅傷害歷史的真實，也傷害了現時的心靈，這便不足取。〈春之組曲〉是鄭愁予走向現實的創作，唯其出自真實，便沒有站在一個抽象觀念面前的弊病，因此，它才感人，才顯出價值。

鄭愁予為什麼要寫出這樣一首詩呢？這工作如此艱辛，如果筆錄稍一偏頗，就會全盤皆空；不僅不能達到意圖表達的目的，反而會遭致冷眼相看。但是，文學創作除了自慰之外，還有一個更大的目標——它是為人的生存舉證，為一時代的存在舉證，進而導致一人與一時代的向上發展。〈春之組曲〉就是在為人的生存與時代的存在舉證。而且，這「人」與「時代」，在精神上是脈絡相通的。

由於有著這一表現意圖，鄭愁予便不以為苦的讓自己活生生的生

活在過去的事物裡面，去發掘那最高真實。這是包含著痛苦與激喜的，在這痛苦與激喜中，更有著奮發昂揚的意義；這意義，更是現時的人們應該深刻體會並追求的

　　是什麼奮發昂揚的意義呢？〈春之組曲〉的字裡行間，明白的告訴人們，那是一種時代的呼聲；一種血脈為之賁張、心魂為之震顫的時代的呼聲；它表達著鄭愁予愛自己國家與愛自己國家歷史的高貴情操。這樣的詩，才是最富現實性、最具社會性、最最切合大眾的需要。

　　鄭愁予為了忠於自己的表現意念，不僅在表達自己的情操，他所希望的是透過對〈春之組曲〉的欣賞，廣大的讀者能夠深切體會那歷史的一頁──過去事物的最高真實──而齊赴國難，為生存的使命而獻身。

　　你聽，詩人是如何揚聲吶喊：

　　青年哪
　　讓鄉土進入心的殿堂塑你要塑的神
　　讓感動溶於血　釀造熱情世世代代的芬芳
　　不論為什麼　或什麼都不為
　　將有一些水花永不在時間的瀑布中失去

　　鄭愁予唱的不是濫調，生命的真實意義在這幾行詩中躍動，作為一個激盪的時代中的中國人，豈可溺於無知？耽於逸樂？看看過去時代中，人們是怎樣為了追求生命的意義，而奉獻自己？

　　然後，每人涉過自己的易水
　　當生死的痛楚都通過母親
　　訣別是另一種橋

....

....

題絕命詩於麻布的裕衣

有許多這種夜

促膝爭論　把臂唏噓

當締造一個國度一如焦灼的匠人

那時　除了血　烈士沒有什麼可以依靠

　　革命不是一種兒戲，它的成功要以血換取，鄭愁予以黃花崗革命與抗日戰爭為背景的〈春之組曲〉，是針對我們生存的時代中那些怯於回顧歷史，而勇於在物慾的競技場上爭逐的人們，所發出的召喚。

　　你聽：

然而，不是唱唱就算了的

沿著鐵路　公路　以及數不清的橋樑和山谷

刀　槍　鋤頭　迅速地集合

橫過祖國六千里浴血的前線

集合在命脈如縷的新創口

抵抗　抵抗　誰要侵略誰就得一寸一寸地死去

　　還有什麼比這奉獻更意義呢？為了國家命脈的延續不壯烈赴死真是一種恥辱。

　　然而，在今天，詩人雖然以「春花」象徵這時代絢爛的未來，但在詩人內心，卻不禁要問：

中華孩子們純樸的靈魂

會不會：

在先烈碑林的感動下復甦

〈春之組曲〉的主題在這一問題上表現了出來，作為這時代的人，面對這一莊嚴的主題，是不是應該深思並進行自身的改造呢？唯有如此，我們才能夠：

把愛挖了根移植給祖國

三

戰歌，照說應是剛性的，然而鄭愁予卻用他獨特的表現手法，克服了一般戰歌所易犯的過於直敘的弊病，而使〈春之組曲〉呈現出柔美的質感。「柔」，在鄭愁予的許多詩中都表現著這一特性，〈春之組曲〉雖是一闋戰歌，卻仍保持著這一貫的特性。這一柔性表現，在本質上是強韌的，因此它也是一種力的表現——不僅借助於語言，更借助於語言所烘托的形象。

〈春之組曲〉沒有火爆味，但是生命的戰鬥性，卻經由特殊的處理，明白的透現。它給予讀者的，不只是訴諸快感的形式的美，而是在內容上，給予讀者心靈上真實的感受；它是親切的、溫厚的，語言與形象的柔性，引發著讀者的心靈，並進而產生共鳴。

也許鄭愁予對我國舊詩詞的學養，使他得以靈巧的運用語言的技巧。但是，技巧本身並非目的，它是用來傳達作品的內容的，鄭愁予的寫作技巧，是上乘的，他明白語言的功能，尤其是詩的語言的功能，必須使之同時產生音樂與繪畫的功能，以表現深刻而雋美的非散文的意境。

〈春之組曲〉的寫作技巧，在於不受敘事成分的影響而能臻達非散文的境界。因此，它才能表現晶瑩為玉的事物的肌理，給予讀者心

靈上最高的享受。

　　一首詩雖不必含有真理，然而含有真理的詩，內容上一定更為深醇有味，更為充實感人。一首詩也不一定必須滲入理智的成分，但是經由理智提煉而產生的詩，一定更為精美。鄭愁予的〈春之組曲〉可以印證上面的說法，這與他絕大多數作品的表現雖然不同，但卻為他自身與同時代的詩人，開拓了詩創作的更廣大的領域。

　　　　　　　　——選自《中外文學》3卷1期（1974年6月）

秋空下的旅人
──談鄭愁予的〈編秋草〉

王文進

〈編秋草〉

一

試著，編織秋的晨與夜
像芒草的葉鞏
編織那左與右，製一雙趕路的鞋子

看哪，那穿著晨與夜的，趕路的雁子來了
我猜想，那雁的記憶
多是寒了的，與暑了的追迫

二

島上的秋晨，老是迭掛著
一幅幅黃花的黃與棕櫚的棕
而我透明板下的，卻是你畫的北方
那兒大地的粗糙在這裡壓平
風沙與理想都變得細膩

每想起，如同成群奔馳的牧馬──

麥子熟了，熟在九月牧人的
風的鞭子下

啊，北方
古老的磨盤
年年磨著新的麥子

三
我是不會織錦的，你早知道
而我心絲扭成的小繩啊
卻老拖著別離的日子
是霧凝成了露珠，抑乎露珠化成了霧
誰讓我們有著的總是太陽與月亮的爭執

一束別離的日子
像黃花置於年華的空瓶上
如果置花的是你，秋天哪：
我便欣然地收下吧

四
月兒圓過了，已是晚秋，
我要說今年的西風太早。
連日的都城過著聖節的歡樂
我突想歸去
為什麼過了雙十才是重陽
惦記著十月的港上，那兒

十月的青空多遊雲
海上多白浪

我想登高望你，「海原」原是寂寞的
爭著縱放又爭著謝落——
遍開著白花不結一顆果

「我想登高望你，『海原』原是寂寞的，爭著綻放又爭著謝
落——遍開著白花不結一顆果。」
「像芒草的葉籜，編織那左與右，製一雙趕路的鞋子。」

　　鄭愁予的詩，最膾炙人口，當然是那一首節奏明快、聲調華麗的
〈錯誤〉。因著這一首「達達的馬蹄」，幾乎使得三十年來的臺灣，凡
有「自來水處」皆能歌鄭詩。

　　可惜的是，到目前為止，大家對這位詩人的沈迷，似乎仍然迴轉
在以〈錯誤〉為主旋律的抒情小品上，如〈情婦〉、〈賦別〉、〈如霧起
時〉、〈水手刀〉等，充其量加上〈邊界酒店〉、〈殘堡〉一類望似有
「風雲之氣」的鏗鏘之作而已。換句話說，由於鄭愁予的綺情之作太
出色了，反而先聲奪人地盤據了詩迷們的眼睛，終於使得鄭愁予無可
推卻地冠上「抒情詩人」的令銜。

　　但是，「抒情詩人」的封號對鄭愁予並不是全然公平的，尤其就
臺灣苛刻的詩評界而言，「抒情」往往易於被視為「兒女情多，風雲
氣少」，意味著缺少全面性觀照人生的廣度與深度。事實上，鄭愁予
是位寫作幅度相當遼闊的詩人。近年的兩本集子《燕人行》、《雪的可
能》諸多蓄意求變的新作暫且不論，在早年的作品中，就已有〈革命
的衣缽〉長詩，著力敘述近代中國的苦難、民國建立的坎坷，儼然有

「詩史」的氣魄。就以錯落在一九五一至一九六八年間的短詩來看，鄭愁予在一九六〇年、二十八歲以前的作品容或較多青少年的遐思，但是一入了而立之年，在一九六二至一九六五年之間的〈五嶽記〉中，鄭愁予智性的筆鋒，立刻隨著對南湖大山、大霸尖山、玉山、雪山、大屯山的描摹而稜角銳露起來。鄭愁予的詩風發展到這裡，終於使得向來多海灣、多港口、多天涯浪子的柔媚之風，矗立著數座凝重渾厚的英挺之姿。這應該是鄭愁予作品「豔而不浮，麗而不靡」的原因了。

但是若要整體地掌握鄭愁予詩作的複雜性，這裡粗糙的二分法是行不通的。因為詩人如何將海的纏綿和山的凝重交揉在一起，才是奧祕所在。結果我們發現詩人是如此地善於描寫山海之間的「長空」——透一點寂寥進來的「長空」：「滑落過長空的下坡，我是熄了燈的流星，正乘夜雨的微涼，趕一程赴賭的路」。所有的「長空」在詩人筆下，都展現著極美麗流動的線條。詩人就是揮舞著這些線條，往復游動於極剛與極柔的兩端。

〈編秋草〉應該是這一類詩作中的極品吧！在一片空曠的秋空下，我們看到詩人魔術般地抖動著奇妙的線條，圈繞出一幅幅難以言喻之美的構圖。這首詩很少被提及，連楊牧那篇上萬言的〈鄭愁予傳奇〉也未及青睞，可見鄭愁予的佳作，實在令人目不暇接，稍一不慎，就有遺珠之憾。筆者希望能藉著這首詩，調整一下我們對鄭愁予的視角。

●

全詩以「試著，編織秋的晨與夜」逐漸展開一幅蒼茫的秋景。詩人似乎想要在廣闊的秋空中，找出一些什麼可以具體化為時間流動的

東西。但是一望無際的秋空，什麼掛褡都沒有，結果「像芒草的葉籜，編織那左與右，製一雙趕路的鞋子」

宇宙間其實暗地裡隱藏一雙手在編派著什麼的。詩人終於看到芒草在風中左右擺動，應該是「秋風起兮」的蒼茫吧。但是詩人只說，有一雙永不歇息的手，在編織芒草，製一雙用來趕著人生之路的鞋子。

有了趕路的鞋子，那麼旅人該登場了吧。秋空下的旅人是順理成章的「詩情畫意」了。沒想到，絕對沒人能想到，在那一片秋空下的旅者，居然是一隻「趕路的雁子」，這真是破空而來的神筆。有了這隻雁子，的確使得蒼茫的秋空有了音符。雁的記憶，多是寒了的，與暑了的追迫，告訴我們這隻雁子是年年如此的熟客，這是一個一直傳唱下去的主題。

第二節透明板下的北方是旋乾轉坤之筆。明明是原野的大地與風沙，卻被寫得如此寧靜，一個原本要決堤的力勁，被詩人收束在一個細膩的「透明板下」，造就出一種極均衡的力的美感。接著又用回想中的奔馳的牧馬，把這一份空間的靜轉成空間的動。詩人有意奪天地之造化，由此可見。北方，古老的磨盤，年年磨著新的麥子，重複的是前一節「寒了的，與暑了的追迫」的旋律。

三、四節寫的是人事的變遷「誰讓我們有著的總是太陽與月亮的爭執」，呼應著第一節「編織秋的晨與夜」的主題，而用「如果置花的是你，秋天哪，我便欣然地收下吧」一掃前面的憂鬱，暗合了古詩詞中，所謂的「轉」字。結句收束，更是筆力萬鈞——

「我想登高望你，『海原』原是寂寞的，爭著縱放又爭著謝落——遍開著白花不結一顆果」。

仍然是順著「寒了的與暑了的追迫」、「年年磨著新的麥子」、「太陽與月亮的爭執」這條路子發展下來，只是採用的景象更大。海浪恆

久如常地湧起又消失，爭著縱放又爭著謝落；但是卻永遠沒有一個具
體的答案，遍開白花不結一顆果，人間的惆悵一如這些一再重複的調
子一般。

這種主題，一般詩人也常寫，但是能夠用這種繁複的構圖來呈現
的，鄭愁予這首〈編秋草〉極可能是一篇壓軸之作了。

——選自《國文天地》2卷1期（1986年6月）

曲中濃情
──析鄭愁予〈雨說〉

秀實

〈雨說〉

（雨說：四月已在大地上等待久了……）

等待久了的田圃跟牧場

等待久了的魚塘和小溪

當田圃冷凍了一冬禁錮著種子

牧場枯黃失去牛羊的蹤跡

當魚塘寒淺留滯著游魚

小溪漸漸瘖啞歌不成調子

雨說，我來了，我來探訪四月的大地

我來了，我走得很輕，而且溫聲細語地

我的愛心像絲縷那樣把大地織在一起

我呼喚每一個孩子的乳名又甜又準

我來了，雷電不喧嚷，風也不擁擠

當我臨近的時候你們也許知悉了

可別打開油傘將我抗拒

別關起你的門窗，放下你的簾子

別忙著披蓑衣，急著戴斗笠

雨說：我是到大地上來親近你們的
我是四月的客人帶來春的洗禮
為什麼不揚起你的臉讓我親一親
為什麼不跟著我走，踩著我腳步的拍子？
跟著我去踩田圃的泥土將潤如油膏
去看牧場就要抽發忍冬的新苗
繞著池塘跟跳躍的魚兒說聲好
去聽聽溪水練習新編的洗衣謠

雨說：我來了，我來的地方很遙遠
那兒山峰聳立，白雲滿天
我也曾是孩子和你們一樣地愛玩
可是，我是幸運的
我是在白雲的襁褓中笑著長大的

第一樣事兒，我要教你們勇敢地笑啊
君不見，柳條兒見了我笑彎了腰啊
石獅子見了我笑出了淚啊
小燕子見了我笑斜了翅膀啊
第二樣事，我還是要教你們勇敢地笑
那旗子見了我笑得嘩啦啦地響
只要旗子笑，春天的聲音就有了
只要你們笑，大地的希望就有了

雨說，我來了，我來了就不再回去

當你們自由地笑了，我就快樂地安息

有一天，你們吃著蘋果擦著嘴

要記著，你們嘴裡的那份甜呀，

就是我祝福的心意

輟筆多年的旅美詩人鄭愁予，一九八〇年臺灣洪範書店為他出版再闖詩壇後的第一本詩集《燕人行》。擔憂愁予成為詩壇「過客」的讀者，聞悉後其欣喜可想而知。《燕人行》裡的不少佳作，曾在臺港兩地的報刊雜誌上發表過。當中的〈讚林雲大喇嘛康州行腳〉、〈酋長的弓〉、〈書齋生活〉、〈手術室初冬〉、〈爬梯及雜物〉、〈雨說〉等篇什，都屬名作佳構。

較諸《鄭愁予詩選集》，收集的詩作，風格面貌都已不同。概略而言，早期那種詞句婉約、筆觸輕淡淒迷、想像紛紅美麗、抒情道月搖撼人心的「愁予風」，在此集已經吹完，代之而起的是一種更接近現代詩的風格。詩人浪蕩異地幾十寒暑，論情懷和年紀，都不年輕，筆下風雲，諸神面貌，又豈會同於往昔？

〈雨說〉，應係一首兒童詩，副題是「為生活在中國大陸上的兒童而歌」。此詩凡八段四十一行，形制是8444584。愁予寫詩，極重詩藝內容，而不執著形式，能夠擺脫羈絆，故詩句的字數和分行，行止隨意所之，多無定律。新詩的「自由裡的限制」，愁予所受，應是最少。此詩即是一例。詩的內容，從「將雨」、「降雨」，寫到「嚐雨」，分為三部分：

首段是「雨說」，寫大地等待春雨的降臨。此處的四月，應即農曆的二、三月，是「驚蟄」、「春分」、「清明」和「穀雨」四個節氣所在。一般來說，春雨應在節氣「雨水」（正月的中氣）時下降，杜甫

的名作〈春夢喜雨〉:「好雨知時節,當春乃發生。隨風潛入夜,潤物細無聲;野徑雲俱黑,江船火獨明。曉看紅濕處,花重錦官城。」即是寫孟春下旬,雨水普降,遍潤萬物,給大地帶來一片生機那種喜悅。但這年,春水卻久久下降,詩的首三句即言:「(雨說:四月已在大地上等待久了……)/等待久了的田園跟牧場/等待久了的魚塘和小溪」,春雨四月仍未降,乾涸的大地是毫無生機的,等待的容顏是枯槁乏生氣的,詩接著這樣寫:「當田圃冷凍了一冬禁錮著種子/牧場枯黃失去牛羊的蹤跡/當魚塘寒淺留滯著游魚/小溪漸漸瘖啞歌不成調子」。大地期待這場雨,顯然是極其迫切的,猶幸這場及時雨終於灑下,使人感覺雨像在溫柔地說:「我來了,我來探訪四月的大地」。

第二段至第七段是「降雨」。

第二段寫雨的下降,是輕盈溫柔而密麻麻的,使人感到充滿著愛,如同母愛般:「我呼喚每一個孩子的乳名又甜又準」,末行的「雷電不喧嚷,風也不擁擠」,更說明了這場雨,當在「春雷動」的「驚蟄」和「東風麥賤,西風麥貴」的「春分」之後,應是一場密密細細的「清明雨」。詩人半生客旅,清明四月,思鄉懷土,兼有寄託,應是人之常情。

第三、四段,前寫雨,希望大地的人不要抗拒它;後寫雨,希望大地的人應該親近它。以正反兩個角度寫同一旨意。路人打開油傘,居人關起門窗放下簾子,農夫披蓑衣戴斗笠,是「抗拒」;揚起臉親一親,跟著它走,踩著它腳步的拍子,是「親近」。對大自然的雨水親近而不抗拒,這是詩人的情懷。至此,我們聯想及美國著名散文家梭羅(Henry David Thoreau, 1817-1862)在他那本詩篇一樣的《梭羅日記》裡,記載了「一八四〇年三月三十日」在美國緬因州(Maine)春雨初臨時,他的舉動和感受:「請問,現在最讓我感興趣的是什

麼？是一場長久的、會澆濕一切的雨。雨滴沿著田裡的殘梗流下，而
我全身濕透地躺在一座光禿小山邊上去年的那一層野生燕麥上沉思
著。這些都是很重要的。看到這剛由天堂中送來的水晶球和我交
往。」這正是詩人說的「親近而不抗拒」的最好注腳。

第五段寫雨水滋潤了大地，與首段來一個呼應。且看有了雨水滋
潤，大地是怎麼個樣子？田圃是「泥土將潤如油膏」，牧場是「就要
抽發忍冬的新苗」，池塘有「跳躍的魚兒」，溪水即在「練習新編的洗
衣謠」。後兩句有形有聲，生動活潑，有童稚天真的幻想和美善的心
靈，是童詩裡的佳句，可圈可點。

第六、七段句子淺顯明瞭，相當易解，卻寄託了深意。前段雨自
述其「來路」，雨回憶說：「我也曾是孩子和你們一樣地愛玩」，要注
意的是隨著而來的那個「轉折」：「可是，我是幸運的／我是在白雲的
襁褓中笑著長大的」，暗寓中國大陸的兒童並不幸運，是在苦難裡成
長。故後段則寫希望他們能夠以勇敢的笑容衝破艱難，挺身迎接困
苦，為中國大陸帶來「希望」。詩人把這個莊嚴的信息和誠懇的盼
望，透過趣味的事物表達出來，使得這首作品淺白生動而饒具深意，
我認為這兩段是全詩的要旨所在。後段寫春雨那種細緻關懷的愛，與
第二段的「我的愛心像絲縷那樣把大地織在一起／我呼喚每一個孩子
的乳名又甜又準」，並讀而更見具體。雨教人們「笑」，像柳條兒「笑
彎了腰」，石獅子「笑出了淚」，小燕子「笑斜了翅膀」。這裡的
「笑」，當然不應單指臉容上的歡愉，更應指心中「樂觀的信念」。後
半的「旗子」，並不好解，某些評論家也避而不談。因為旗子在雨
中，應是垂直無聲，何來「嘩啦啦地響」？這裡姑且作兩種推想：
（1）這裡的旗子，是稻田上五彩的小旗，在雨中飄舞，如熱鬧的聚
會，詩人以形見聲，故說「嘩啦啦地響」；（2）久候終於降甘霖，雀
躍的農村小孩揮舞小旗，雨中嬉戲，發出「嘩啦啦」的笑聲，混成熱

鬧一片，故接著兩句分別寫「旗子笑」和「小孩笑」。

　　末段是「嚐雨」，但並不是親嚐雨水的甘甜滋味，而是「有一天，你們吃著蘋果擦著嘴／要記著，你們嘴裡的那份甜呀，就是我祝福的心意」。從形成、下降到安息於大地，雨水一生快樂的「行程」已完。它帶給大地甜美的果實，萬物賴其犧牲而育成。第二行的「自由地」，也是現況「不自由」的反應；詩末的「祝福」，也應是詩人對中國大地兒童的小小而真情的祝福！總之，這首淺近的童詩應有濃厚的感情和深刻的寓意，並不單純是寫春雨的「交響曲」！

　　心理學家認為兒童的眼底世界都是「擬人的世界」，則在兒童讀物的創作上，「擬人法」的運用是最為普遍的技巧。譽滿文壇的《伊索寓言》，當中的動物主角，全是「擬人產物」。以此法去處理兒童詩，形象活潑生動，也符合兒童心理。此詩的擬人法，處處皆是，這裡不更作詳細分析。

　　畢竟，寫「遺落在那裡的──／我們底戀啊，像雨絲／斜斜地，斜斜地織成淡淡的記憶」（1950年〈雨絲〉）的詩壇浪子已是舊事陳跡，留下永恆而美麗的一頁，翻開另一頁，今日的愁予，能夠寫出諸如這篇〈雨說〉的作品，除了說詩顏已改，詩人在悠長的歲月裡，對生命的體認和反思，取向也自有不同，其詩篇，就應是最可信的誓言！

──選自《現代詩》13期（1988年12月）

時代的聲音——心愁
——試析鄭愁予的〈小河〉與〈野店〉

林素美

一　小河

　　一位穿著襤褸的漢子，拖著疲憊的身子，腳步踽踽地來到這條鄉野間的小河。他在河岸邊坐了下來，兩眼炯然有神的望著河水，表情是沉穆、嚴肅的。他靜默著不言，心中卻想著這條小河，是否曾經收留過像他這樣的浪人。

　　　　收留過敗陣的將軍底淚的
　　　　收留過迷途的商旅底淚的
　　　　收留過遠謫的貶官底淚的
　　　　收留過脫逃的戍卒底淚的
　　　　小河啊，我今來了
　　　　而我，無淚地躺在你底身側

　　小河！我也來了，我也是他們中的一個，我也帶著一顆沉重痛苦的心來到您的身邊，我也像他們那樣，輕輕地躺在您的臂彎，向您傾訴我們內心的憂傷，訴說我們不幸的命運，和我們茫然不可知的未來。您啊！我的小河，就像母親般的慈愛和寬大，收留著我們這些流浪已久的遊子，沒有責備、沒有抱怨，有的只是廣闊深遠的愛。您收

留過多少敗陣將軍的淚呢？又收留過多少迷途商旅的淚呢？有多少遠謫的貶官向您傾訴他們去國懷鄉、憂讒畏譏、有志未能伸的遺憾！又有多少逃脫的戍卒向您抱怨戰爭的不幸、生活的困苦和雜亂的傷痛，當然還有更多像我這樣離家很久，沒有家可歸的浪子，向您訴說我們稚心的鄉愁和午夜夢迴時滿頰清冷的淚。可是，來到您身旁的我，卻是無淚的。

我無淚的躺在您底身側。我不知我的眼淚是不是都已流盡，所以，我才會欲哭無淚。也許，我只是強忍住憂傷，不輕易讓它流露；也許，是您恢宏的大肚，讓我忘了個人的憂愁。不用說，每個來到您身旁的孩子，都是來向您傾訴衷曲的，而您也總是好心的收留著他們底淚，平撫他們內心的憂傷和孤寂的身影。我的無淚，也許只是我的堅強；我的無淚，也許只是我的自大，我以為我和那些傷心流淚的人不一樣，其實，我才是最脆弱的，比他們更甚，所以，我才會來到您的身旁，和他們一樣來到這個充滿母親慈愛、包容的，可傾訴的地方。

> 沙原的風推不動你
> 你沉重而酸惻的嘆息
> 月下，一道鐵色的筋
> 使心灰的大地更懶了

我的母親！我的小河！沙原的風哪能推動您，您是那麼的堅定和穩重。然而，沙原的風推不動的哪僅是您外在的身軀，連您那日夜不止的沉重而酸惻的嘆息，都是沙原的風推不動的。可是，為什麼啊！我的母親，您那日以繼夜、夜以繼日的嘆息是為了什麼？又為什麼您的嘆息是這般的沉重和心酸呢？

是人類的無知和自大引起您的嘆惜嗎？是人類的貪奢和自私引起

您的嘆惜嗎？您寬大的心胸收留了我們這些傷心人的眼淚，可是，誰又了解您暗咽的流聲中所要訴說的悲痛呢？您早就為人類的不幸和創痛默默的在流淚、哭泣，可是，喜歡互相殘殺的人類，還是互相指著對方說：「你是劊子手！」您早知道貪奢使人變質、自私使人變樣，可是，人性中誰沒有一點點的自私和貪奢；您也早知道無知引人犯錯，自大引人滅亡，可是，人類中誰沒有一點點的自大和無知。您啊！您也早就知道，課堂上教的是「忠孝節義」、「效古今完人」，可是，今日什麼是忠孝節義，值錢嗎？什麼又是古今完人，完人在哪？誰還願意「風簷展書讀，古道照顏色」，去跟隨古聖今賢的腳印，去追尋文化歷史的根源，去探索人類的道德和良知，去啟發未來的文明和思想？有誰？答案在風聲、雨聲中。

人類雖然經歷了一連串的災難，可是，還是健忘的。二次大戰接連在一次大戰後不久，雖然，表面上第三次世界大戰還沒有發生，可是，各地的戰爭、暴動哪裡不是大戰的序幕呢？誰又知道哪一天會有一顆子彈從你面前飛過；誰又知道高興的出國觀光，飛機上沒有被裝上炸藥，連骨灰都不見了。誰又知道暴動不會在你的周圍發生，自己無緣無故成了犧牲者；也許，忽然的一個爆炸聲，您一點知覺也沒有，就已身飛四處、血流滿地或者中毒身亡了。聽來，彷彿我在危言聳聽，但是，大家要知道這是可以預知的事啊！人類的互相殘殺、血腥暴動，說多恐怖就有多恐怖，然而，我們除了是無辜的受害者之外，又何嘗不也是個作始俑者，至少被污染的山水會如此的批評我們。

每個人當然不願恐怖、驚慌的事件，發生在自己的身上、親朋好友之間，可是，誰又有能力免去受到無故牽連的無妄之災呢？那年我只是三、四歲的鄉下孩子，一個轟炸聲，毀去了我的家，我的親人，他們只是平凡、善良的老百姓，可是，和我有同樣命運的人，在當時

來說，又何止千萬呢？難道我們做錯了什麼，要遭天譴！多年來，我
常想著我的爹娘、我的田莊，而今，即使在睡夢裡，我也無法見到我
的爹娘，夢見我的家，歲月的流失，有時我都不明白自己是怎樣的在
逃難中活過來的，儘管夢境裡是那些血腥的屍體和殘牆碎瓦。您啊！
我的小河，我的母親，我哪天才能回去，回到我葉落歸根的家鄉。

　　天光下，您就像一道堅固的牆，鐵色的城，將罪惡、凶暴擋在一
邊，又像人體中重要的脊骨，大地上轟轟烈烈的筋骨般的孕育著我
們，使我們長大成人，然而，您那不息的酸惻聲、叫人不忍的悲悽
聲，連大地都灰心了！變懶了！您在等待那種不出世的偉人嗎？只有
他才能平息您的心酸，才能使大地不再灰心、不再變懶嗎？然而，世
上可有什麼偉人？連孔子都被圍於陳蔡之間，七日不火食，世上若有
偉人，沒有伯樂，也只好死於槽櫪之間，不以千里稱之。大地的心灰
了，懶了，是因為它們也和您一樣，看破了人世的虛偽和矯情，也看
淡了人間的不幸和痛苦，而曾經壯志滿懷的我，如今也已白髮蒼蒼
了，我的母親，您流不盡的淚水能洗盡人間的不幸嗎？

　　　我自人生來，要走回人生去
　　　你自遙遠來，要走回遙遠去
　　　隨地編理我們拾來的歌兒
　　　我們底歌呀，也遺落在每片土地……

　　別了，我的母親，我寬大慈祥的母親，我就要離開了，我將回到
我來自的人生，不管那人生有多麼殘忍、多麼不幸；也不管這人間有
多少心酸、多少痛苦，那總是我生長、生存的地方，如同您來自遙遠
的地方，也要走向您那遙遠的路那樣，無怨的責任，總是支持我們要
堅強下去。讓我們高聲的唱吧！唱出我們心底的鬱悶，唱出我們內心
的悲傷，讓我們隨地編理的歌兒，在每一片土地播放著。把我的憂傷

拋掉，把您的愛心散播，希望失意的人別忽略四周有鼓勵的親人，有關心的朋友，還有您時時刻刻的關愛，寬大慈祥的愛心。願您遺落在大地的那一份愛心，能帶給人們心靈上的點點溫馨和鼓勵。

二　野店

> 是誰傳下這詩人的行業
> 黃昏裡掛起一盞燈

　　為什麼會是「野店」這個名字，詩人，這個行業，在中國，什麼時候淪落成野店了？詩，在中國，可以說是每一個人生活的重心，詩，是中國人的家門啊！詩，不僅是中國人生活的一部分，甚至於還可以說是中國人生命的全部。從上古時代葛天氏之玄鳥、黃帝之雲門、堯之大唐、舜之南風、禹之九序開始，到商周以後的詩經、楚辭、漢賦、樂府、唐詩、宋詞、元曲，明清小說和民國以來的新體詩，這些哪一個不是中國人生活的重心，哪一個不和中國人的生活發生關係。誰不唸著：「對酒當歌，人生幾何！」誰不記得：「抬頭望明月，低頭思故鄉。」誰不思念起：「慈母手中線，遊子身上衣。」有這麼多詩的中國，為什麼？詩人，您卻憂傷著詩人這個行業已成為野店，被世人所拋棄的野店，因此如此，才叫你不得不心痛的趕快掛起一盞燈來指引像你一樣愛詩的夥伴。又為什麼是在黃昏，你以為詩在中國已經沒落到黃昏這個人生末路嗎？黃昏裡掛起的這一盞燈叫人多麼驚心，又叫人多麼心痛！

> 啊，來了——
> 有命運垂在頸間的駱駝
> 有寂寞含在眼裡的旅客

是誰掛起的這盞燈啊

曠野上，一個朦朧的家

微笑著……

來了，就像駱駝把牠的命運垂掛在頸間那麼無奈；就像旅人把他的寂寞含在眼裡那樣心酸，寂寞的日子，心酸的命運，誰能了解一位中國詩人內心的心聲！「江水西頭隔煙樹，望不見江東路」、「故國神遊，多情應笑我，早生華髮」、「天長路遠魂飛苦，夢魂不到關山難」、「轉朱閣，低綺戶，照無眠，不無有恨，何事偏向別時圓」、「人生如夢，一尊還酹江月」、「千秋萬歲名，寂寞身後事」，浩瀚的民族文化，深邃的民族精神，生為中國的讀書人，誰不背負著文化的遺澤，時代的重責和歷史的創痛。不管這些創傷多深，痛苦多重，詩人還是要耐心的等待，等待著那盞在曠野上掛起的燈。不管這盞燈是誰掛起的，不管這盞燈是否閃爍不明，昏暗中，彷彿有一個朦朧的家在那裡微笑著，在那裡向我們招手，那就是我們日夜等待，給我們希望和勇氣的泉源和精神。黃昏的燈亮起了，朦朧的家微笑著，即使海枯石爛，還是情常在，意不怯，這份中華文化的薪火要永遠相傳下去。

有松火低歌的地方啊

有燒酒羊肉的地方啊

有人交換著流浪的方向……

不管是在松火下的低歌，也不管是在草簷中的酣醉，流浪的漢子，總是不忘和來人交換著他們流浪的方向，因為天廣地闊，人生的路還長呢！不管日子多麼艱辛，也不管時光無情的流逝，愛詩的朋友總是互相交接著這支不息的火棒，要讓它綿綿流長，讓它生生不息，即使是在黃昏，即使是在曠野上，這盞詩人的燈要它永遠亮著，對流

浪的漢子來說，這不僅是豪邁、雄壯，也是浪漫、固執的執著，民族
文化的薪火要靠我們相傳和發揚光大。

三　後記

多年前讀鄭愁予的詩選集，最教我動心的是邊塞組曲諸篇。收輯
在〈雨絲〉的邊塞組曲共有五首，除了前面的〈小河〉、〈野店〉外，
還有〈殘堡〉、〈牧羊女〉和〈黃昏的來客〉三首。除了〈黃昏的來
客〉我不曾唱過，其餘四首我都曾嘗試唱著，每次讀之、唱之，都有
很深的感慨，今嘗試將內心的感想寫了下來。

楊牧說，鄭愁予是中國的中國詩人。成名很早的鄭愁予，不必我
多介紹，楊牧的這句話就已肯定了他在中國現代詩壇的地位。不才如
我，只是因喜愛他的詩才試著將讀詩的感想寫下，我想說的是詩人對
時代的使命感和憂傷，這一份中國知識份子與生俱有的憂患思想，教
我感動，生為中國人，誰能不背負時代的憂患、歷史的重責呢！

── 選自《文藝月刊》238期（1989年4月）

豪華落盡見真淳——
鄭愁予〈寂寞的人坐著看花〉

潘麗珠

　　告別了「東風不來，三月的柳絮不飛」的甜美句子，跨過了《燕人行》，讀、思、細味鄭愁予〈寂寞的人坐著看花〉，非但感覺滿眼生香，而且這種香味真是「豪華落盡見真淳」的醇厚馨芬。古人作詩講究「言有盡而意無窮」、「滋味」，今人何獨不然？雖說爭執現代詩是否應講究音律、形式或題材已不值識者一駁，但一首詩作能夠在形式或音律，或題材或表現技巧上，提供品詩者「言盡意未窮」的「滋味」，我們還是忍不住要感謝作者的苦心。此詩原載於一九九三年一月十三日《中國時報》人間副刊，全詩不長，茲引全文：

　　　山巔之月
　　　矜持坐姿

　　　擁懷天地的人
　　　有簡單的寂寞

　　　而今夜又是
　　　花月滿眼
　　　從太魯閣的風檐

展角看去
　雪花合歡在稜線
　花蓮立霧於溪口

谷圈雲壤如初耕的圓圃
坐看峰巒盡是花
則整列的中央山脈
是粗枝大葉的

題目極有魅力：「寂寞的人」，是怎樣的「寂寞」？「看花」，是怎樣
的「花」？為什麼標明「坐著」？這些耐人尋味的問題，搜捕讀者的
好奇，引導讀者往詩裡細細尋繹。張曉風女士因此遊戲而得如下趣
品：

寂寞的人，坐著，看花
寂寞的花，坐著，看人
人，坐著，看花的寂寞
花，看人的：坐著、寂寞
坐著，看花人的寂寞
花坐，看著寂寞的人
寂寞的坐著，看花人
看花，坐著寂寞的人
人——花，坐看著：寂寞

若非鄭愁予的題目迷人，怎得張曉風的青睞如許？題目迷人，內容更
具一片淳淨、禪定、雋永的神行之美，但我們要先看形式——全詩不
過十四句，卻分成五段：第一、二、四段各為兩句，第三、五段都是

四句；兩句一段的都是整齊句式，四句一段的則是長短參差。若按詩意，一、二段實可聯結，三、四段也可銜接，全詩分成三段即可。然而作者卻如此安排，顯然獨運匠心。整齊句式，具有端莊貞定的美感；參差句式，顯出飄逸瀟灑的豐姿。讓端莊貞定和飄逸瀟灑兼涵並融，又以一種有韻律的節奏面世（二─二─四─二─四），其中曼妙，恍如音樂迴旋，餘韻嫋嫋。若果然以三段行之，每段句式便都不一，不但端莊貞定的美感減弱（字義上的端莊貞定美感仍然存在），曼妙韻律的節奏也要大打折扣。此外，第四段的兩行較其他四段要低一格，是否暗示了這是一扇美麗的視窗？它的美麗，一方面來自於實景，一方面得自於有意但無損自然的對仗。美景以漂亮的對偶句式處理，益添佳美。

接下來，探內容。

首句「山巔之月」，鏡頭似是遠遠拉開，既照見了山巒，又照見了山頂上的明月；山為地、月為天，天地之間一切事物因為人的關注而有意義，於是鏡頭一縮，聚焦在坐姿持續極久的人身上。然詩人只說「矜持坐姿」，「人」得在下一段才出現，如此既有承應，又有懸宕；而「矜持」一詞，深具個性，一則道出外在形象的姿勢已有一段時間，一則宣示內在心志的有意堅持。第一段兩句，縮結了天、地、人三者，只用了短短八個字，而天、地恆長，人雖渺小，卻因有所堅持而足以與天、地並稱，進而「擁懷天地」。

第二段揭示：擁懷天地的人，有簡單的寂寞。「天地」一詞照應了首句的「山巔之月」；「擁懷天地的人」本來應該是一個特寫放大鏡頭，但這個特寫在第一段「矜持坐姿」已定格過了，至此反是全然放開成一幅巨大的類似「孤舟笠翁獨釣寒江」圖；照說，「擁懷天地」，何等瀟灑、何等恢宏、何等快意，必須是淡出天地事物之外的人方能擁懷天地，然而，這樣的人卻「有簡單的寂寞」。究竟是怎樣的「寂

寞」呢？真的是「簡單」嗎？當我們正欲追索答案時，詩人盪開了筆調，留給我們極大的懸想。而詩人，將會提供解答嗎？

「而今夜又是／花月滿眼」，原可一句拆成兩行，一方面是形式上需要，一方面讓「花」字能夠提到句首顯明的位置，彰顯其重要性。詩人下一個「又」字，明示「花月滿眼」的經驗已有多回；欲花月「滿」眼，若不是花多月盛，一下子掬滿眼眶，那就是觀花看月的人持續地看了很久，終至花月「滿」眼，然因時間在「夜」裡，我們不禁好奇，月是那個曾經照古人的月，花呢？什麼樣的花能在夜裡月下蓬蓬勃勃或易被區分出來？並且帶著顯然的美感？不過，詩人依舊沒有立即給予答案，只是告訴我們：「從太魯閣的風檐／展角看去」。這就更引起好奇了，從太魯閣的風檐展角看月沒問題，問題在於那樣看去，該是什麼花呢？

「雪花合歡在稜線／花蓮立霧於溪口」。合歡山稜線上的雪花就是答案嗎？那麼立霧溪口的美城花蓮是不是呢？或者，兩者皆是？還是……去過太魯閣的人應該知道，中橫道上盡是崇山翠嶺，在最高點大禹嶺看合歡山，相看兩不厭，到了天祥太魯閣要瞧見合歡山可就不容易，太魯閣本身即位於花蓮縣，但想從太魯閣看到立霧溪口，非好眼力莫辨！然而，這就是詩人的胸臆所在，他不是用「眼」觀，而是用「心」看，一位矜持坐姿、擁懷天地的人，胸中自有丘壑，合歡稜線上的雪花、立霧溪口的花蓮，都是他丘壑中的一景，極目騁懷，何處不是花呢？

果然，末段寫著：「谷圈雲壤如初耕的園圃／坐看峰巒盡是花／則整列的中央山脈／是粗枝大葉的」。第一句中「如初耕的園圃」隱見活潑的生機，然而，誰是園丁呢？能耕得動那「谷圈雲壤」。當然，又是詩人的「心」力作用，使一切山巒俱成錦簇繁花！無怪夜裡月下的花依舊可明明白白區分出來，可完完全全佔據詩人眼眸。峰巒

是花，整列的中央山脈當然是天地樹中的一掃粗枝或一枚大葉了。天
地為樹，詩人賞花，賞玩久了，整棵樹被收羅於詩人的心眼之中，即
使不看，天地仍然在懷。可是「矜持」的過程和擁懷天地的滋味，真
有多少人能解呢？於是寂寞兀自寂寞，要細說起來，也不那麼簡單
了，然而詩人偏說「簡單」，是他既不想辯，乾脆留給我們去冥想
吧！

　　全詩語言樸實淳淨，宛如素妝的仕女，自有一種出塵的清雅，端
莊與貞定；詩意所透顯的冷雋，是禪定的智慧，是豪華落盡後的不波
古井，唯餘真淳！

　　　　　　　　　　——選自《國文天地》11卷1期（1995年6月）

一個著人議論的靈魂
——鄭愁予〈浪子麻沁〉探析

A Controversial Soul
—On Cheng Ch'ou-yü's Ma-ch'in the Prodigal

陳敬介

一　前言

　　凡是喜愛鄭愁予的讀者，大多會認同楊牧的話：「鄭愁予是中國的中國詩人，用良好中國文字寫作，形象準確，聲籟華美，而且是絕對現代的。」[1]詩人商禽也說過：「愁予的詩在語言、節奏，及創造意象上，有極高的成就。」[2]除了形式上的語言美之外，其詩篇中瀰漫的一股浪漫愁緒，更令讀者愛不釋手而再三吟詠讚歎；沈師謙在〈從何其芳到鄭愁予——比較和評析花環與錯誤〉一文中，即綜合性的評述：「錯誤與花環不但意象豐盈，引人入勝；情感浪漫，感人至深，音節柔美，膾炙人口。」[3]已準確地概括了欣賞愁予詩的三大途徑——意象、感情、與音節。

　　在詩人的第一本詩集《夢土上》，這三大特點實已交織成一把縝

1　楊牧：〈鄭愁予傳寄／代序〉，《鄭愁予詩選集》（臺北市：志文出版社），頁11。
2　蕭蕭：《現代詩縱橫觀・那美麗的鄉愁似乎觸手可及——鑑賞鄭愁予作品》（臺北市：文史哲出版社），頁351。
3　見《中國現代文學理論季刊》創刊號，頁39。

密的羽扇，輕輕一揮，便揮出一股細膩迷人的愁予風。然而任何一個
優秀的創作者，絕不會滿足於一種既定的風格而不思突破與超越，從
鄭愁予的創作過程，可以明顯看出浪子詩人積極的一面，他似乎想以
較為陽剛堅硬的語言，取代他早期帶著花香及流水般悠閒柔媚的情
調；楊牧即認為〈五嶽記〉中除〈玉山輯〉二首之外，都是愁予新語
言下的產物。」而〈卑亞南蕃社〉、〈浪子麻沁〉以擺脫早期完全抒情
的聲音，開創愁予詩的新境界，浪子麻沁確實是最著人議論的靈
魂。」[4]以下就進一步來探討〈浪子麻沁〉是一首怎樣的詩，是否可
作為鄭愁予擺脫早期完全抒情聲音的代表？而麻沁是怎樣的一個浪
子？一個受著何種議論的靈魂？

二　冷肅的憐憫與批判──詩旨探討

　　〈浪子麻沁〉是一首兼具敘事與傳記體特色的長詩，但十分特殊
的，鄭愁予卻是以：

> 雪溶後，花香流過司介欄溪的森林
> 沿著長長的峽谷　成團的白雲雍著

來揭開本詩的序幕，成功的營造一個潔淨而優美的空間背景，將讀者
的想像力引領到一個充滿花香的森林，那兒有成團的白雲堆疊著，那
樣的高峻，並且隱隱約約的聽見，自峽谷傳來的司介欄溪的歌聲。
　　接著鄭愁予以「獵人」、「採菇者」的形象，提示著桃花源般的世
界裡，住著的不是神仙，不是悠閒的旅客，而是一群踏實的、堅卓的
原住民。而小姑娘和少年們呢？他們早早的起床，到閃著陽光的河邊

4　同前註，頁33。

梳洗，並充滿喜悅的唱著冬藏的歌。這些人、事、物的描寫，莫不以整個大自然為背景，而其內涵也與整個大自然結合，整首詩的情韻就在這充滿初春氣息、輕快、踏實、自在、愉悅的氛圍中展開。這一切，是如此的美好。

但緊接著，敘事的情節陡然一轉，主人翁出現了，以「不見」及「著人議論的」姿態出現，浪子麻沁一「出現」，便是一個令人極欲探究的謎。

> 他去年當兵　今年自城市來
> 眼中便閃著落寞的神色
> 孤獨　不上教堂　常在森林中徜徉
> 當果樹剪枝的時候
> 他在露草中睡覺
> 偶爾　在部落中賒酒　向族人寒喧
> 向姑娘們瞅兩眼

第三段可說是一幅浪子麻沁的素描，透過部落族人道出的浪子麻沁，「孤獨／不上教堂／常在森林中徜徉」，而這一切只因他自城市中歸來，此處明顯地將城市對一個原住民的影響，藉由浪子麻沁具體呈現；孤獨，因他失去心中的「信仰」，這信仰或是原住民本身的文化傳統，或是作為一個人應受到的尊重與認同，這些在原住民生長的山林中都毫無疑慮的受到肯定，但當他們來到城市，首先遭遇的往往是輕視與對立，偶爾出現的包容，似乎又常常挾帶著無知的憐憫與施捨。

本詩作於一九六二年，在一九九七年的今日，政治上剛成立一個中央級的原住民委員會，然而在社會上呢？似乎仍充斥著對原住民的誤解與疏離；三十五年後的今日如此，三十五年前的昨日又是如何

呢？從這一點可看出鄭愁予在三十五年前便已感受到都市文明與原住民文化的衝突，並具體而微的透過麻沁表達他的憂心。而麻沁呢？麻沁採取了自我放逐的方式，他迷惘、逃避、無所事事，甚或墮落！

接著敘述了麻沁以往所做的一切——「嚮導」、「磨亮他尺長的番刀」、「挽盤他苧麻的繩索」，但今日的他放棄了，他那「勻稱的腳步聲」已不響在石板上了，麻沁在農忙時睡在露草中、飲酒、無聊的寒喧……麻沁真是個浪子，然而麻沁真是個浪子嗎？

第五段，堅實的獵人與採菇者回來了，面對著被柔軟泥土召來的登山客，「全個部落都搖起頭顱」；單就字面而言，本句似乎只是在回應著文明的登山客，他們也不知道麻沁的去向，但就其內涵而言，「文明的登山客」便成為都市文明的象徵，在此似乎也暗示著原住民對都市文明抱持著質疑的態度。就創作者而言，鄭愁予本身也是登山客的一份子，來自城市，但他卻能客觀的認識到城市文明對於生活在大自然的原住民而言，似乎不是那麼必要；由此可知鄭愁予在面對原住民的質疑時，他是抱持著自省的態度。

第六段，焦點又移回浪子麻沁，指出浪子麻沁的特殊性。他不是一般的嚮導，唯有他了解「神的性情」，也唯有他識得攀頂雪峰的獨徑，充滿神秘性的雪峰，實已超越了物質的意涵，故而浪子麻沁，不是引領文明登山客去行走柔軟泥土的嚮導，而是能引導族人攀頂雪峰、認識神的性情的精神嚮導。然而他——精神層次的嚮導，傳統文化的承繼者，自從城市歸來後便迷失了，故而第六段首句，「全個部落都搖起頭顱」，已不是對城市文明的質疑，而是對整個傳統文化逐漸失落的悲慨！而「除非浪子麻沁／除非浪子麻沁」，則已是近似沉重的呼告了。

然而詩人對浪子麻沁甚或是整個原住民文化的未來，還是保留了一些臆測；或許原住民文化將被城市文明所消溶——「他又回城市當

兵去了」，或許，原住民在城市文明的影響下，仍將堅持他們的傳統，回歸他們文化的母體——「在雪溶之前他就獨登了雪峰」。詩人如此揣想著，而三十五年後的今日，對於這個問題，似乎也如同浪子麻沁的靈魂，如此的，著人議論。

三　殊異性的浪子形象

〈浪子麻沁〉是首兼具敘事與人物傳記式的長詩，詩中出現的人物形象，總計有結伴攀向司馬達克的獵人、赤足的婦女及採菇者、在水邊洗日頭的小姑娘、唱著冬藏之歌的少年泰耶、文明的登山人，以及本詩的主要人物浪子麻沁。詩的形象焦點可說是藉由對比的手法而集中在浪子麻沁的身上。

首先出現的兩組人物：第一組是獵人和採菇者、赤足婦女的組合，這是原住民部落中最主要的生產者，他們是屬於青壯年的一群，堅卓、勤奮而篤實強毅；第二組是少年少女，他們悠閒天真、無憂無慮；本詩的第一、二段由這兩組不同形象的人來引導浪子麻沁的出場，而詩人卻以「不見了」和「著人議論」的虛筆，來營造浪子麻沁的神祕性。

第三、四段，則採用今昔對比的方式，突顯浪子麻沁的神貌。第三段先敘述浪子麻沁的現況，可分兩層理解；「落寞的神色」、「孤獨」、「不上教堂」、「在林中徜徉」，描繪出麻沁孤獨而落寞迷惘的內在精神狀態。接著以十分生動的語彙，清晰的勾勒出麻沁的外在形貌；「在露草中睡覺」、「賒酒」、「寒喧」、「向姑娘們瞅兩眼」，將一個年約二十（去年當兵）的青年那種百般聊賴，而近乎空虛的神態，逼真的呈現在讀者的心中，這都得歸功於「睡覺」、「賒」、「寒喧」、「瞅」等充滿動態感的語彙。但在第四段，詩人透過期待的口吻，娓

娓道出一個昔日的、勤奮的麻沁。他說，麻沁該去「磨亮他尺長的番刀」、「挽盤他苧麻的繩索」，該將他勻稱的步履踏響在石板上，這才是麻沁該有的行為；然而，就第三段的描述而言，麻沁卻是無所是事的徜徉者，帶著他那落寞的眼神，引來人們的議論，相對於第四段麻沁以往「該做的」，則麻沁今日所做所為，就顯得不可思議而反常背理，而麻沁內心的矛盾與衝突，也藉由今昔對比的強化而加深；「今年自城市來／眼中便著落寞的神色」二句，無形中也由此增加了巨大的重量，產生控訴與抗議的意涵，是什麼因素改變了麻沁？是什麼使那「勻稱的腳步聲」消失在石板上？是什麼造成了一個孤獨而著人議論的靈魂？

至此我們似乎也感受到浪子麻沁的特殊性，他無所是事而召來議論，然而遭人議論的真正原因，並不是第三、四段對比彰顯的外在反常現象，而是第六段所說的：

> 無人識得攀頂雪峰的獨徑
> 除非浪子麻沁
> 　　　　除非浪子麻沁
> 無人能了解神的性情
> 亦無人能了解麻沁他自己

「無人能」及「除非」兩句，說明麻沁在部落中的特殊性與重要性，如此特異的人物，怎可落寞孤獨而無所是事呢？然而浪子麻沁「不見了」，留下許多傳說，「回城市當兵」、「獨登了雪峰」，甚或成了一則神話──「溶雪也溶了他」；而「他那著人議論的靈魂」，似乎也溶進了，流過森林，充滿花香的司介欄溪中了。

至此，我們可以理解，浪子麻沁實在是一個超凡性（第六段）、合理性（第四段）與不合理性（第三段）的綜合體；而作者使用了多

重的對比來突顯浪子麻沁；首先透過第三、四段的今昔對比，讓讀者去思考、體會浪子麻沁的內在衝突；其次是透過獵人、採菇者、少男少女與第三段浪子麻沁的對比，來突顯浪子麻沁與整個部落的不協調性，最後則透過那一群被「柔軟的泥土」招來的登山者、忙碌平凡的族人，與唯一「識得攀頂雪峰獨徑、唯一了解神的性情」的浪子麻沁來對比，將浪子麻沁的內在精神提到「雪峰」一般的高度。

由此可見〈浪子麻沁〉的浪子形象，在鄭愁予詩作中的特異性了，麻沁不是踏著達達馬蹄的浪子（錯誤），也不是那種讓婦人感受等待和寂寥，而自己總穿著一襲藍衫、像季節、像候鳥不是常常回家的浪子（情婦），浪子麻沁不是在情愛上自我放逐的浪子，他是在城市文明與原住民文化衝突中，喪失了自我的認同，在迷惑與困頓中、在山林與城市的交界地，徘徊掙扎而孤獨的靈魂。

四 修辭技巧分析

本詩除了在「題旨」和「人物形象塑造」二方面，異於鄭愁予大部分作品而深具殊異性外，在修辭上也有幾種技巧表現得十分突出，試析如下：

（一）象徵

「任何一種直接指明，而透過某種其他媒介，予以間接陳述的表達方式，即為象徵。」[5]象徵手法又可分為（一）普通象徵（二）特定象徵兩種：「普通象徵，即放諸四海皆準的象徵；特定象徵，則受上下文控制的象徵，在某一種文明作品中，在一定的場景與氣氛下，

5　查爾斯・查特微克：《象徵主義》（臺北市：黎明文化公司），頁331。

某項事物含蘊某種象徵意義，在其他的作品或不同場景中，此項事物卻不一定具備同樣的象徵意義。」[6]

本詩第四段的「嚮導」、「番刀」、「繩索」、「勻稱的腳步聲」即具有特定的象徵的意義；這意義是與第三段的對比而來的，對比於第三段的孤獨、迷惘與放蕩，「嚮導」則具有明確果斷、引領邁進的意涵，「番刀」則具有清除障礙的意涵；而「繩索」則象徵著浪子麻沁那超越阻絕的能力，「勻稱的腳步聲」則傳遞了麻沁曾有的自信與穩健。

至於第六段「回城市當兵去了」，似乎象徵著部分原住民認同城市文明或被淹沒、消溶在都市文明之中；而「雪溶以前他就獨登了雪峰」，則指出原住民的另一種選擇，執著於自己的文化傳統，回歸山林、認同母體。至此也就可以理解到，「浪子麻沁」不僅僅是一個具有主體身分，自我意識亦十分明確清楚的個體，他似乎也象徵著原住民整體的命運與可能的選擇；透過象徵手法的運用，不僅使浪子麻沁個人的生命得以豐盈，也使得這首看似單純敘事及人物索隱式溶合的詩歌，在其涵蓋的內容上得以擴大觸及整個文化社會的一個重要課題——「漢、原文化差異」的問題。使得詩的意義深化，值得讀者深思。

（二）排比

「連綴若干句型相等，而句意不等的文句，來強調同一範圍的事象，構成一小組排句，來強化語氣的辭格，叫作排比。」[7]例如本詩第四段：

6　沈師謙：《修辭學》（臺北市：空中大學印行），上冊，頁331。
7　黃永武：《字句鍛鍊法》（臺北市：洪範書店），頁107。

> 浪子麻沁　該做嚮導了
> 該去磨亮他尺長的番刀了
> 該去挽盤他苧麻的繩索了
> 該聽見麻沁踏在石板上的
> 勻稱腳步聲了

即透過「排比」的手法，與「象徵」意含的理解，將麻沁的內在情志表現得絲絲入扣，而第六段：

> 無人識得攀頂雪峰的獨徑
> 除非浪子麻沁
> 　　　　　除非浪子麻沁
> 無人能了解神的性情
> 亦無人能了解麻沁他自己

則透過「無人」句型的排比，及中間穿插「除非浪子麻沁／除非浪子麻沁」兩個重複的句子，使得浪子麻沁的殊異性，如長江巨浪一般，一波接著一波，浩浩蕩蕩，肯定再肯定，表現出充沛的力量；正如楊牧所說的「『浪子麻沁』已擺脫早期完全抒情的聲音，開創了愁予的新境界。」這兩段排比的運用便表出一種剛性的、強勢的情調，這真是異於鄭愁予早期柔美的聲音了。

（三）倒裝

　　「倒裝」的技巧是鄭愁予常用的，如「恰若青石的街道向晚」（〈錯誤〉）、「你住的小小的島我正思念」（〈小小的島〉）等，本詩第一段「花香流過司介欄溪的森林」及最後一段「春來流過森林的溪水日日夜夜」，彼此呼應，又同屬倒裝的手法；前句順說，僅是流過森

林的司介欄溪充滿了花香，平常無奇，後句順說，亦不過春天來了，
溪水日夜不停的流過森林；但前句一經過倒裝迴換字句，使「花香」
動態的流動了起來，彷彿流過森林的不是司介欄溪，而是迷人的花
香，整個山谷，整座森林，似乎瀰漫著花香的濃醇馥郁。而後句則因
倒裝而加強了「日日夜夜」的意象，暗示著關於浪子麻沁的種種傳
說，將日日夜夜永恆不斷的流傳下去。

（四）重複

　　同一語句的反複使用，可加強語勢，而表現出強烈的感觸，其句
型有很多種，如連續重複使用，像前舉「除非浪子麻沁／除非浪子麻
沁」，但特別值得一提的是，這兩句雖是重複使用，但是第二句採低
七格的形式表達，使加強的語勢，因「下降」的形式而減弱、減緩，
第一句的語勢是高昂、喜悅，第二句則顯得落寞、遺憾，以顯示失去
麻沁的感傷。

　　而「全個部落都搖起頭顱」亦採重複的技巧，但其重複不可視為
單純的連續，亦非隔一句或隔數句的重複；而是十分技巧的採取隔段
的重複，這亦是新詩形式的專利，而隔段重複的使用，除了具備聯繫
所跨兩段意義的效果外，也藉由段的分割而使重複的句子，因上下文
的不同而有不同的指涉。如前一句是針對「文明的登山人」，而「文
明的登山人」在此所象徵的是整個都市文明，則此句便有著質疑、拒
絕、不歡迎等意涵；第二句是針對浪子麻沁，除非浪子麻沁，無人識
得攀頂雪峰的獨徑，無人能了解神的性情，因此第二句便有著失望、
遺憾、感傷的意涵。至此不得不為鄭愁予語言形式的變化之妙而讚歎
了！

（五）參差

參差是將長短不一的句子，夾雜錯置，或增減上下句子的字數，有意變動整齊的句式，使整齊之中帶有變化，這變化除了使音節有長短、起伏、急緩的差異之外，往往也有意義上的暗示作用。

如第一段，「雪溶後／花香流過司介欄溪的森林」，「雪溶後」三字極短，暗示著青陽乍現、雪溶快速，而「花香流過司介欄溪的森林」共十一個字，則以音節的延展暗示司介欄溪的蜿蜒綿長；正如「（〈錯誤〉）一開端，『我打江南走過』以六字短句顯示過客之行色匆匆；『那等在季節裡的容顏如蓮花的開落』，以十五字的長句暗示思婦之悠長期盼，長短錯落有致。」[8]其他類似字句尚多，如末段的「是否／春來流過森林的溪水日日夜夜」等，皆以字句的長短變化、參差錯落，來加強其欲表達的意蘊，頗見巧思。

本詩其他修辭技巧尚多，如頂真；「溶雪也溶了他／他那著人議論的靈魂」，亦能達到文字接踵，使急促迫切的情緒陡現，然而在頂真修辭格運用的同時，詩人也將參差的技巧溶入其中，將尾句拉長，使得「他／他那／他那」的急迫性減緩，而九字的長句及「靈魂」悠長的韻腳，更造成綿延不絕、滋味無窮的效果。

五　結語

鄭愁予的詩歌語言是現代的，但絕不刻意做作，將西方的語法粗糙的套在中國的文字上；而他又深明現代詩在打破格律的限制後，的確可以在「形式」上表現出超越古典詩的效果，然而他又不會走入

8　同前註。

「圖畫詩」、「投射詩」的胡同去拾西洋人的牙慧,他掌握準確的語言、創造豐盈的意象、吟詠錯落有致的音節,讓「達達的馬蹄」聲透過歌聲、吟詠聲,傳頌在大部分愛詩人口中。

羅門曾說:「如果你認為一個詩人是人類思想與精神的先知,站在時代與世界的前衛地帶,勇於面對現代新的生存環境,接受生命的種種挑戰,並反映這代人真實生活的經驗與心境,而非隱遁的,則愁予給予你這方面的回聲是較弱的。」[9]

我不知道詩人是否要扮演先知的角色,但我相信詩人要勇於面對現代新的生存環境,並反映這代人真實生活的經驗與心境,〈浪子麻沁〉出自於一個愛山的詩人,一個對生命有著熱忱與細膩感受的詩人,不也事實俱在反映他個人,乃至擴大到不同族群相遇時所產生的矛盾糾結與質疑衝突,三十五年前,詩人以一個文明登山客的角色,寫下了「面對著文明的登山人/全個部落都搖起頭顱」這樣的詩句,並召告著「無人識得攀頂雪峰的獨徑/除非浪子麻沁/除非浪子麻沁/無人能了解神的性情/亦無人能了解麻沁他自己」,原住民部落在面對城市文明時,拒絕、質疑,甚至有人迷失,然而都市人呢?詩人沉思著,有多少人能了解他自己?

相對於十幾年來,日益茁壯的原住民運動而言,詩人的憂心與關懷,是否也算得上是先知呢?如果「思想」不一定要戴上主義的高帽,不一定要賣弄一些拗口艱澀的名詞;那〈浪子麻沁〉所蘊涵的文化意義,值得我們再三咀嚼,而浪子麻沁這雪溶的靈魂,更值得我們再三議論。

——選自《中國現代文學理論》7期(1997年9月)

9　同前註。

鄭愁予《夢土上》評析

A Critical Analysis of Chen Ch'ou-yu's

Dreaming on the Earth

廖祥荏

一　前言

　　一九五五年四月，鄭愁予[1]在臺灣出版了第一本詩集《夢土上》。此後，「愁予」這個具古典情味的名字[2]，便長駐在臺灣詩壇中，造成不容忽視的影響。

1　鄭愁予，本名鄭文韜，河北人，一九三三年生。軍人家庭，童年時代曾隨父征戰，足跡遍大江南北。法商學院畢業，曾在基隆碼頭任職，詩作多在此時產生。一九六八年赴美在愛荷華大學深造，獲藝術碩士學位。曾參加現代詩派，後旅居美國，任教於耶魯大學東亞語文系。詩集有：《草鞋與筏子》（燕子出版社，1949 年 3 月）；《夢土上》（臺北市：現代詩社，1955 年 4 月）；《衣缽》（臺北市：商務印書館，1966 年 10 月）；《長歌》（自印，1968 年 6 月）；《窗外的女奴》（臺北市：十月出版社，1968 年 10 月）；《鄭愁予詩選集》（臺北市：志文出版社，1974 年 3 月）；《鄭愁予詩集 1》（臺北市：洪範書店，1979 年 9 月）；《燕人行》（臺北市：洪範書店，1980 年 10 月）；《雪的可能》（臺北市：洪範書店，1985 年 5 月）；《刺繡的歌謠》（臺北市：聯合文學月刊社，1987 年 7 月）；《寂寞的人坐著看花》（臺北市：洪範書店，1993 年 2 月）。

2　《楚辭·湘夫人》：「帝子降兮上渚，目眇眇兮『愁予』，嫋嫋兮秋風，洞庭波兮木葉下」；辛稼軒《菩薩蠻》：「青山遮不住，畢竟東流去，江晚正『愁予』，山深聞鷓鴣」。

他的創作生涯的真正開始，是在一九五一年的臺灣。現代詩運動的風潮開始之前，他就以清新的「純詩」引起詩壇注目。那陰柔而略顯矜持的男中音以他特有的磁性吸引著讀者，詩中所散發出的浪子氣息讓人著迷。鄭愁予從此成為一個美麗的名字。

紀弦稱他為「青年詩人中出類拔萃的一個。」，又稱其詩：「長於形象的描繪，其表現手法十足的現代化。」[3]楊牧在〈鄭愁予傳奇〉一文中稱許他為「中國的中國詩人」[4]。

他在臺灣出版的第一本詩集《夢土上》共分五輯：有〈雨絲〉、〈邊塞組曲〉、〈山居的日子〉、〈船長的獨步〉、〈夢土上〉。一共收錄五十四首詩。對於《夢土上》，覃子豪在一九五五年於「文藝論壇」發表評論說：「鄭愁予的才華很高，其表現純任自然，毫無矯飾，有脫口而出，隨意而寫的感覺。他卻發現了詩，也把握著了詩……。」[5]

鄭愁予說：「以島上無常的天候作比喻吧：像陰晴一樣，我寫的詩也隨著我多變的心緒而顯出在賦調上、節奏上的差異來……」[6]，又說：「我不知道我的詩能讓讀者要些什麼去？祇覺得，這世界委實太美了……在如此美的日月山海之間我生活著而且寫著詩」[7]，我想，《夢土上》大概就是以這樣絕美的詩想完成的吧！

3　沈奇：《臺灣詩人散論》（臺北市：爾雅出版社，1996 年 11 月），頁 249。

4　楊牧：〈鄭愁予傳奇〉，《傳統的與現代的》（臺北市：志文出版社，1974 年 3 月）；又見《鄭愁予詩選集‧鄭愁予傳奇‧代序》（臺北市：志文出版社，1974 年 3 月）；又見《幼獅文藝》38 卷 3 期，頁 18-42。

5　王志健：《中國新詩淵藪‧第十七章　夢土上的坐月人》（臺北市：正中書局，1993 年 7 月），頁 1874。

6　鄭愁予：《夢土上‧後記》。

7　同前註。

二 《夢土上》的浪子意識

自從余光中將「浪子詩人」的頭銜贈給鄭愁予之後[8]，鄭愁予便以之飲譽臺灣詩壇，不少詩評家都以此為中心評論鄭愁予的詩。

鄭愁予卻不以為然，他說：「因為小時候是在抗戰中長大，我接觸到中國的苦難，人民流離失所的生活，我把這些精神反芻的潛意識下屢屢寫進詩裡，有人便叫我『浪子』了，而在積極方面影響我童年和青年時代的，更多的是傳統的任俠精神。如果提升到革命的高度，就變成烈士、刺客的精神。這也是我詩中主要的一種內涵，從頭貫穿到底，沒有變。」[9]

鄭愁予眼中，「浪子」似乎是一個消極的名詞，所以要辯正，而用刺客、烈士之名代之。其實，自古代中國始，「浪子」一詞就具有和「烈士」、「刺客」相近的內涵。如鄭愁予自己後來所說的，「『浪子』也可能是為人間打抱不平才流浪的，像游俠一樣；浪子另外的目的是尋找美，山川之美、文物之美也許是浪子要追求的。」[10]

鄭愁予是有一種浪子意識的，這浪子意識的養成如他自己所分析的，與其童年生活有密切關聯。一方面是人民的漂泊流離在他內心的沉積；另一方面，就是隨著童年時代大江南北的輾轉流浪，各地的山川風物喚醒了他對美的感應。

---

8 余光中〈小招‧歲末懷愁予〉：「那浪子，像所有的浪子一樣／結局是清麗的失蹤／絕句絕酒缸空／只留下炊煙裊裊的一縷美名／繚繞他昔日的夢境」。轉引自王晉民主編：《台灣當代文學史‧第二十七章 鄭愁予的詩》（南寧市：廣西人民出版社、廣西教育出版社，1994 年 2 月），頁 581。

9 彥火：《宇宙的遊子——鄭愁予》，《中報月刊‧揭開鄭愁予的一串謎》1983 年 4 月。

10 見《臺日台灣文壇》，頁 122。

　　這兩方面的閱歷同時擴大著他的心域，讓他既有一種帶著矜持的
早熟，又有著具有古典風味的浪漫情緻，渴念流浪，並且用筆來宣
洩。同時，他年輕時對武俠小說特別著迷，武俠小說的主角多是「浪
子」型的人物，這對他也有一種潛在的影響。

　　古典詩詞中對他影響是深的是《古詩十九首》，他說：「最感動我
的作品是《古詩十九首》，其中人生的無常，其實就是最大的流浪，
從出生到死亡，這是詩中表現的最基本精神。」[11]那抒發人生悲絕、
流浪奔波的情懷感染了他年輕的心靈。

　　這樣，就產生「浪子」式的古典情操，而詩意的懷抱也就從此滋
長著。楊牧說：「愁予當然是浪子，是我們二十五年來新詩人中最令
人著迷的浪子」[12]。鄭愁予是浪子詩人，他的詩頗具浪漫的流浪情
懷，使我們讀他的詩，就像是在讀他的流浪。他的詩有中國傳統的古
典風味，而流浪的美和因流浪而造成的浪漫情懷，無疑是構成此種古
典風味的最重要素質。

　　鄭愁予的流浪詩風，在他的詩集《夢土上》隨處可以看到這流浪
的題材，嗅得浪子僕僕風塵的味道，楊牧認為：「新詩運動以來，愁
予是最能把握這個題材的詩人」[13]。這個題材就是「流浪」，這是早期
愁予詩的特殊情緒，這種「特殊情緒」隱含了瀟灑的、不羈的，以及
不回歸的「浪子意識」。這「浪子意識」，隨時隨地潛伏在他的詩中。

（一）空間的漂泊感

　　在《夢土上》詩集中，這種浪跡天涯的漂泊感包括了思鄉之情、

---

11 張灼祥：《作家訪問錄·鄭愁予：心靈的流浪》（香港：素葉出版社，1994 年 12
　　月），頁 152。

12 同前註。

13 同前註。

不回歸主義，及矛盾的心態（思鄉又不回歸即構成矛盾）。詳言之，鄭愁予詩中顯現的是一個抱著沒有歸宿心態的浪子，他要做的是一種徹底的流浪，這位浪子甚至有納西色斯（Narcissus）式的自戀症，特意（或無意）利用這種不回歸的心態，造成個人式的英雄主義。[14]

〈錯誤〉
我達達的馬蹄是美麗的錯誤
我不是歸人，是個過客……

〈殘堡〉
百年前英雄繫馬的地方
百年前壯士磨劍的地方
這兒我黯然地卸下了鞍
歷史的鎖啊沒有鑰匙
我的行囊也沒有劍

〈黃昏的來客〉
但我已是老了的旅人
而老人的笑是生命的夕陽
孤飛的雁是愛情的殞星

〈雪線〉
別離的日子刻成標高；
我的離愁已聳出雲表了。

---

14 孟樊：〈浪子意識的變奏：讀鄭愁予的詩〉，《文訊月刊》30 期（1987 年 6 月）。

〈偈〉
不再流浪了，我不願做空間的歌者，
寧願是時間的石人。

〈夢土上〉
雲在我底路上，在我底衣上，
我在一個隱隱的思念上。

這些流浪人語或遊子心聲，充滿在《夢土上》詩集中，予讀者一清晰
活現的印象。瀰漫在鄭愁予詩中的，幾乎都是流浪的情懷，余光中稱
他為浪子詩人是當之無愧的。

但詩人不得已也有「我底心懶了／我底馬累了」(〈牧羊女〉)的
心聲，此際思鄉懷舊之情便油然而生，詩人終於說：「漂泊得很久，
我想歸去了／彷彿，我不再屬於這裡的一切／我要摘下久懸的桅燈／
摘下航程裡最後的信號／我要歸去了……」(〈歸航曲〉)，浪子總該有
停泊之處吧？而這最終的避風港或許是浪子起程的故鄉。

（二）時間的消逝感

鄭愁予的浪子意識呈現給我們的，不僅是空間移動的一次元，而
且加進了時間流動的二次元，使浪子意識的主調表露無遺。[15]時光消
逝的無情，撒落在《夢土上》詩集裡：

〈小河〉
我自人生來，要走回人生去
你自遙遠來，要走回遙遠去

---

15 同前註。

隨地編理我們拾來的歌兒

我們底歌呀，也遺落在每片土地……

〈崖上〉

你當悟到，隱隱地悟到

時間是由你無限的開始

一切的聲色，不過是有限的玩具

宇宙有你，你創宇宙──

啊，在自賞的夢中，

應該是悄然地小立……。

〈除夕〉

十九個教堂塔上的五十四隻鐘響徹這小鎮，

這一年代乃像新浴之金陽轟轟然昇起，

而萎落了的一九五三年的小花，

僅留香氣於我底箋上。

這時，我愛寫一些往事了：

一隻蝸牛之想長翅膀，

歪脖子石人之學習說謊，

和一隻麻雀的含笑的死；

與乎我把話梅核兒錯擲於金魚缸裡的事。

〈鐘聲〉

終有一次鐘聲裡，

總有一個月份

也把我們靜靜地接了去……。

〈遠景〉

生命本是一窗；

一雁飛過，一壁虎爬過；

一瓣因我而悴的春花落過⋯⋯

這些詩，滲漏了時間的消逝感，鄭愁予可謂擅用「時間流轉法」的高手。其中以〈雪線〉一詩，揉合了時空交錯感：「別離的日子刻成標高；／我的離愁已聳出雲表了」，這種離愁的感覺是立體的，把時間的消逝刻在空間的標高上，思鄉之情不言自溢啊！

倘浪子意識只借空間的漂泊感來呈現，似不夠完全、徹底，畢竟空間的流離必須加上時光流逝的無情，浪子才能產生莫可名狀的流浪情懷；其實，這時空交織成的浪子的「失所感」，不也就是我們全部人生的縮影嗎？

由空間的漂泊感與時間的流逝所交織而成的雙重奏，使《夢土上》的詩特別展現出動態的風貌，由於動態意象的描摹，使我們讀起來，有如欣賞電影的畫面、聆聽音樂的播放一樣，那麼生動傳神，這大概是鄭愁予的詩令人著迷的原因之一吧！

鄭愁予說：「流浪並不一定是指從一個地方到另一個地方去；也指我們心靈的流浪，我們的生命不能永遠停頓在某一個時間，某一個年歲，整個過程也是一種流浪的情態。」[16]詩人原來是憑藉著心靈的想像，游離在時間與空間之中，創造出漂泊的浪子情懷。

三 《夢土上》的語言特色

鄭愁予是「中國的中國詩人」，卻也是「絕對地現代的」。具有古

---

16 張灼祥：《作家訪問錄・鄭愁予：心靈的流浪》，頁 152、153。

典風味的意象常在他的詩中出現，另外，散文式、口語化的詩句亦然。所以楊牧才會說：「愁予繼承了古典中國詩的美德，以清楚乾淨的白話……為我們傳達了一種時間和空間的悲劇情調。」[17]季紅更且讚美：「愁予語源的寬廣及他對不同語材：舊典、俗語、文言、俚語、甚至外來語予以換用、改鑄的能力。」並能「依需要將不同層次的語言（如文言和白話）揉合在一起。」[18]

《夢土上》詩集裡，詩人以自然天成的語言創造出音樂美，善用敘事的手法，情感濃厚，且修辭精妙，充分展現出他特殊的語言魅力。

（一）自然天成

語言是詩的外在生命。鄭愁予寫詩總喜歡用活潑新鮮的口語，不事雕琢，而自然天成，內蘊著無限的詩情，婉轉流暢，清麗動人。如：

> 〈小小的島〉
> 你住的小小的島我正思念
> 那兒屬於熱帶，屬於青春的國度
> 淺沙上，老是棲息著五色的魚群
> 小鳥跳響在枝上，如琴鍵的起落

他總是娓娓絮談或喃喃自語，而一種情不自禁的柔情就由此生發出來。我們讀：

---

17 同前註。

18 季紅：〈鄭愁予《雪的可能》中的語言經營〉，《文訊月刊》20 期（1985 年 10 月），頁 204-211。

〈雨絲〉

我們底戀啊　像雨絲

斜斜地　斜斜地織成淡淡的記憶

而是否淡的記憶

就永留於星斗之間呢

如今已是摔碎的珍珠

流滿人世了

這等柔情，似慢慢地浸透到我們內心。

　　一般而言，虛詞、嘆詞的運用對詩人而言是很棘手的，不少詩人往往矯揉造作而讓人生厭，而鄭愁予則是此中高手，「哎」、「啊」、「呀」之類的詞他運用得得心應手，使詩情更加舒緩生動。如：

〈愛，開始〉

哎，風雨的日子對我們太長了，

傘落之後，我們都像濕土的葵蓮

各懷著陽光的夢等待

自從愛情忸怩地開始，小蓮莉

你生命地盈盈的眼，才算迷人了

喲，十七歲，好一個動人的初戀呀

〈野店〉

啊，來了

有命運垂在頸間的駱駝

有寂寞含在眼裡的旅客

是誰掛起的這盞燈啊

曠野上，一個朦朧的家

微笑著……

有松火低歌的地方啊
有燒酒羊肉的地方啊
有人交換著流浪的方向……

他的詩往往有一種內在節奏，起伏跳盪，而顯示出一種音樂美。他詩中的音樂美不靠外在的格律造成的，它完全是由於詩人內在感情的律動，而產生出的一種舒緊、綿頓的音樂效果。如：

〈如霧起時〉
我從海上來，帶回航海的二十二顆星。
你問我航海的事兒，我仰天笑了……
如霧起時，
敲叮叮的耳環在濃密的髮叢找航路；
用最細最細的噓息，吹開睫毛引燈塔的光。

赤道是一痕潤紅的線，你笑時不見。
子午線是一串暗藍的珍珠，
當你思念時即為時間的分隔而滴落。

我從海上來，你有海上的珍奇太多了……
迎人的編貝，嗔人的晚雲，
和使我不敢輕易近航的珊瑚的礁區。

波動盪漾，錚琮作響，那韻味是悠久的。

（二）敘事精緻

中國古典詩詞有賦、比、興三法，現代的詩人繼承了它，而各有擅長。如洛夫、瘂弦、周夢蝶善用比興，余光中三者兼用，而鄭愁予則是擅用賦體的。他喜歡通過鋪陳，運用白描，以靈思巧致結構全篇。

楊牧曾經分析道：「愁予常以一事一地為中心，環繞此一事一地，以若干二十行左右的抒情詩刻意經營，便成一有機的整體。」[19]所言大致不虛。鄭愁予詩的情致完全是從賦體的運用中來的。他寫景總能顯示出一種圖畫的美，而敘事又能見出一種流動的真。寫景的如：

〈北投谷〉
月遺落遍地的影子，
雲以纖手拾了去，
夜是濃濃的、溫溫的，像蓬鬆的髮。
銀河在這裡曳下了瀑布，
撒得滿山零碎的星子，
北投，像生了綠苔的酒葫蘆，
這小小的醉谷呀，太陽永不升起來。

純用白描，間夾以精巧的比喻，構出一幅具有濃厚詩情的圖景。敘事的如：

〈娼女〉
我認得出妳，妳是東街的娼妓，
曾為孩童們嘲罵追逐過……

---

19 同前註。

我看見妳走進矮門的百貨店，
買了盒廉價粉，又低頭走出來……

妳用蘊有著遲疑的倉促的腳步
拐向街隅的小巷，一閃，
那褪色的花裙不見了。

那兒沒有妳底家，和妳底親友。
那條陋巷是污濁而泥濘的，
然而，妳卻像覓見了草塘的孤雁，
向這車輪衣角的大街
投下自安步的一瞥……

我說，都市的律法不是妳的，
都市的文明也不是妳的，
通衢上僅有微弱的陽光
也不是妳的呀。
為了怕見更多的人眼的妳，
繞行了小巷，
那麼，都市的甚麼是妳的呢？

揣想妳在夕陽下撲粉的心情，
揣想著孩童們嘲罵時妳的記憶，
年華，田園，遙遠了的一切啊……
那麼，還有甚麼是妳的？

冷冷地敘來，淒婉感傷，讓人靈魂顫慄。

（三）情感濃厚

抒情是詩的固有素性，而《夢土上》是一系列抒情色彩極濃的作品。其中，讓人反覆傳誦的作品多是以第一人稱「我」，或第二人稱「你」為視角，用獨白或者絮談的方法展示自己內心的衷曲，有著真切與親切之感，不自禁地陷入到作者的感情裡去，引出深厚的共鳴。

他所有的水手之歌、浪子的心語無不如此。如：〈貝勒維爾〉、〈船長的獨步〉等，用第二人稱「你」的視角以低聲的呼喚；〈小小的島〉、〈愛，開始〉等，用第二人稱「你」來敘述，似娓娓的傾訴；〈如霧起時〉、〈歸航曲〉、〈黃昏的來客〉、〈錯誤〉等，用「我」為抒發點，喃喃自語，哀婉清麗。可以說，抒情是鄭愁予詩的本色。且看：

〈賦別〉
風箏去了，留一線斷了的錯誤：
書太厚了，本不該掀開扉頁的；
沙灘太長，本不該走出足印的；
雲出自岫谷，泉水滴自石隙，
一切都開始了，而海洋在何處？
「獨木橋」的初遇已成往事了，
如今又已是廣闊的草原了，
我已失去扶持你專寵的權利；
紅與白揉藍於晚天，錯得多美麗，
而我不錯入金果的園林，
卻誤入維特的墓地⋯⋯

楊牧說：「《夢土上》裡最震撼人心的抒情詩也許應數『賦別』。詩的首段輕巧溫柔，音色圓滿，五十年來少見如此娓娓的男低音。」[20]浦伯良說：「整首詩哀而不傷，層層深入，反覆迴旋，文字典雅，既蘊含中國古典詩詞的神韻，又不著痕跡地採用某些現代派詩歌手法，無怪乎它流傳廣泛，深受讀者歡迎。」[21]曲終情未了，飽含深情的音符仍在我們耳畔蕩漾著！

（四）修辭精妙

鄭愁予詩歌的魅力與他精妙的修辭是分不開的。鄭愁予善於煉字，如「小鳥跳響在枝上」之「響」，出人意表，別有會心。他疊字的運用也總是有不凡的效用，如「達達的馬蹄」，「叮叮的耳環」之類，通過擬聲或擬意，造成一種奇妙的音樂效果。

他也常常將句子倒裝，如「你住的小小的島我正思念」將「你住的小小的島」與「我正思念」互換，「趁月色，我傳下悲戚的『將軍令』／自琴弦」，將「自琴弦」置後，便趣味無窮，耐人咀嚼。

擬態的運用他也是得心應手。將靜態的東西化為動態的，將沒有生命之物化為生機盎然的，詩意橫生，新鮮活潑。如：

〈港邊吟〉
而我遊戲，乘大浪擠小浪到岸上
大浪咆哮，小浪無言
小浪卻悄悄誘走了沙粒……

---

20 同前註。

21 錢仲聯・范伯群主編：《中外愛情詩鑑賞辭典・現代愛情詩鑑賞集》（南京市：江蘇教育出版社，1989 年 3 月），頁 689。（後授權國文天地雜誌社出版，1990 年 5 月。）

〈海灣〉

瀚漠與奔雲的混血兒悄步於我底窗外,

這潑野的姑娘已禮貌地按下了裙子。

可為啥不抬起你底臉,

你愛春日的小瞌睡?

你不知岩石是調情的手,

正微微掀你裙角的彩綺!

〈雪線〉

廊上的風的小腳步踩著我午睡的尾巴,

一枝藤蔓越窗了……

這些擬人化的表情,使詩充滿了生機。

　　而最能見出愁予妙想巧思的則是他詩中的比喻。他的比喻往往新鮮新奇而又恰到好處,彷彿天作之合。如同是以「手」為喻,他能各有不同,均至妙境:

〈北投谷〉

月遺落遍地的影子,

雲以纖手拾了去,

〈島谷〉

眾溪是海洋的手指

索水源於人山

〈海灣〉

你不知岩石是調情的手,

　　　　正微微掀你裙角的彩綺！

　　無一重複，無一不新鮮。其他如「基隆河像把聲音的鎖／陽光的金鑰
匙不停地撥弄」（〈俯拾〉）；「帳篷如空懸的鼓，鼾聲輕輕摸響它」
（〈探險者〉）等，新穎別致，總是讓人驚奇。其他修辭方法，如排
比、對仗、復沓之類，在《夢土上》裡亦有著典範的創作。如：〈小
詩錦〉、〈賦別〉等。

　　他的詩之所以節奏輕快、聲調甜美，多半歸功於類疊（疊字、疊
句）及排比、對仗等形式效果。只是詩人匠心獨運，不落「雕刻」痕
跡，如〈小小的島〉最後的一段，聲音抑揚頓挫，節奏自然甜美，絲
毫不露人工的痕跡：

　　　　如果，我去了，將帶著我的笛杖
　　　　那時我是牧童而妳是小羊
　　　　要不，我去了，我便化做螢火蟲
　　　　以我的一生為妳點盞燈

　　紀弦說：鄭愁予的詩歌「長於形象的描繪，其表現手法十足的現
代化」，證之於愁予的詩，可以深信此言不虛。鄭愁予是一位具有古
典情味的浪子、「中國的中國詩人」，也是最具現代感性的。

四　結語

　　詩人往往被人們認為是天上的星宿下凡。於是，鄭愁予是莫逆於
心的：「展在頭上（指群星）的是詩人的家譜／哦，智慧的血系需要
延續〈山居的日子〉。延續智慧的血系成為他自認的使命。

　　於是，在〈偈〉裡，他直稱自己為「宇宙的游子」，而在〈生

命〉裡，他更明確地表露「滑落過長空的下坡，我是熄了燈的流星」，他這顆詩人之星是天上的流星落入人間而成的。既然是「流星」下凡，也就注定了他在凡間的流浪。讀他的詩也就是在讀他的流浪軌跡，那用浪漫和迷離色彩編織起來的浪子世界是極為迷人的。

古繼堂在《臺灣新詩發展史》中說：「鄭愁予詩中之情美麗而不柔靡；豪放而不粗俗，看似平常，實則內在深沉，因而很容易引起讀者的共鳴，很容易和讀者的感情產生交流。這種共鳴，這種交流，不似鳥聲悅耳，也不像笛音悠揚，而是有一種播種和植根的效果，撥動著讀者的深部神經，產生一種內在的心靈交響。」[22]

鄭愁予的詩是「很鄭愁予的」，他的名字寫在雲上，而他的詩是寫在夢土上的。豐富的意象，明快的節奏，以及飄逸的浪子情懷，使得《夢土上》像一條清澈的溪流，那美麗的芬芳、動人的音響源源不斷地流過我們的心田，任何人都無法拒絕他化入的魅力。

他以一種獨特的風格，表現著靈活的語言，創照了明淨的意象；一方面富有中國古典詩的情懷，一方面又善於融化近代各種詩風的技巧而不露痕跡，他這種「無所為而為」的態度，實為一種超然的精神，一種與自然默契的觀照。而《夢土上》豈不是不沾煙火味的人間淨土麼！

——選自《中國文學理論》8期（1997年12月）

---

22 古繼堂：《臺灣新詩發展史·第八章 現代詩社和他的詩人群·第三節 鄭愁予》（臺北市：文史哲出版社，1989年7月），頁140、141。

船長的獨步
——鄭愁予海洋詩評析

廖祥荏

　　海洋是自然界中普遍存在的景象，英國作家拉斯金說：「造化為了愉悅人，在自然美景的安排上，用心最多，希望由美麗的景色來教化我們，並和我們對話。」[1]拜倫也說：「……山嶽、海波與天空，不是我和我的靈魂的一部分，正如我是他們的一部分嗎？對於這些東西的愛情，深深的在我心裡，不是有一種單純的熱情嗎？一切的物象，若與此相比，我不應該輕蔑嗎？」[2]而臺灣正是被廣大的太平洋環繞於其中。因此，海洋詩便在詩人間流傳開來。

　　早在新詩發軔期，許多的詩人就已在作品中觸及了海洋[3]，之後，更有上官予的《海》，覃子豪的《海洋詩抄》，葉珊的《水之湄》，瘂弦的〈無譜之歌〉，朱學恕的《海之組曲》，羅門的〈觀海〉，

1　李元洛：〈第十二章　高山流水、寫照傳神——論詩中的自然美〉，《詩美學》（臺北市：東大圖書公司，1990 年 2 月）。

2　楊鴻烈：〈第一章　海洋現象〉，《海洋文學》（香港：新世紀版社，1953 年 8月）。

3　一九二〇年胡適在《嘗試集》中發表了〈百字令——六年七月三夜太平洋舟中見月有懷〉一詩，其中「多謝天風，／吹開明月，／萬頃銀波怒！／孤舟載月，／海天衝浪西去！」，與一九二一年郭沫若在《女神》一輯中有〈立在地球邊上放號〉，其中「無限的太平洋提起他全身的力量來要把地球推倒。／啊啊！我眼前來了的滾滾的洪濤唷！」皆是新詩發軔時期，首先觸及海洋的詩。

汪啟疆《海洋姓氏》等[4]，詩人們環繞著海洋主題的創作，綿綿不絕
的延續下來。而愁予《船長的獨步》[5]一輯更是一個重要的里程碑。
林燿德在《中國現代海洋詩選》裡收錄了愁予的海洋詩，並在導言裡
說：「愁予藉鏗鏘的音韻、精巧的意象雕琢海洋景觀，寄情抒懷，尤
顯功力。」[6]

　　楊牧在〈鄭愁予傳奇〉中說道：「第七期（現代詩刊）出版，鄭
愁予發表『十一個新作品』，包括『島谷』，『貝勒維爾』，『水手刀』
和『船長的獨步』，從此水手刀變成愁予的專利，一時使以海洋詩人
知名的覃子豪望洋興嘆。」[7]這是對愁予的海洋詩寄予極大的肯定。

　　愁予的詩是寫在水之湄的。中興大學畢業後，詩緒滿懷的他自願
到基隆港工作。他和水手們生活在一起，不斷感受著水手們漂泊迷離
的心靈。水手、海洋、港口，構成他詩中美麗的世界。〈船長的獨
步〉、〈貝勒維爾〉、〈水手刀〉、〈如霧起時〉、〈海灣〉、〈歸航曲〉等，
一時成為詩壇奇異的風景，遂使水手和海員生活成為愁予寫作題材的
專利。

　　回想起對海的記憶，愁予說：「我喜歡航海，十歲左右正好很想
觀察事情的時候，是敏感的年齡，從上海坐船到青島，從青島到天
津，給我很深刻的印象一直存在記憶裡，後來寫詩的時候，那種經驗

4　上官予：《海》（帶鎗者詩社，1945 年）；覃子豪：《海洋詩抄》（新詩週刊社，
　　1953 年）；葉珊：《水之湄》（臺北市：藍星詩社，1960 年 5 月）；瘂弦：〈無謐之
　　歌〉，《深淵》（臺北市：晨鐘出版社，1970 年）；朱學恕：《海之組曲》（山水詩
　　社，1975 年 3 月）；羅門：〈觀海〉，《自然詩》（臺北市：文史哲出版社，1984 年 4
　　月）；汪啟疆：《海洋姓氏》（臺北市：尚書出版社，1990 年）。

5　鄭愁予：〈船長的獨步〉，《夢土上》（臺北市：現代詩社，1955 年 4 月）。

6　林燿德：〈洪溔環中——《中國現代海洋詩選》導言〉，收入《不安海域》（臺北
　　市：師大書苑，1988 年）。

7　楊牧：〈鄭愁予傳奇〉，《幼獅文藝》38 卷 3 期（1973 年 9 月）。又見於《鄭愁予詩
　　選集代序》（臺北市：志文出版社，1974 年 3 月）。

又回來了……。」[8]

又說：「那時我天天在船上跟水手打撲克牌、喝酒，我當然不是職業的水手，可是經常在船上，在基隆十多年。我大學畢業，就業考試及格之後，分發職業，同學都要求到臺北金融機關，只有我填了個基隆港，是當年唯一申請到海港工作的，這是因為浪漫主義思想。」[9]

這些海上經驗，都是詩人創作海洋詩的泉源。因著這浪漫的思想，詩人努力的在這一片海洋上探索、發掘與開採，創造出一片美麗的詩的海洋。他的名篇〈水手刀〉蘊含著他真實的情感：

> 《夢土上‧水手刀》
> 長春藤一樣熱帶的情絲
> 揮一揮手即斷了
> 揮沉了處子般的款擺著的綠的島
> 揮沉了半個夜的星星
> 揮出一程風雨來
>
> 一把古老的水手刀
> 被離別磨亮
> 被用於寂寞，被用於歡樂
> 被用於航向一切逆風的
> 桅蓬與繩索……

水手的生活充滿離別、團聚、悲哀、痛苦和歡樂。詩取最有特徵的「水手刀」作象徵，來寫水手的心情。水手們手中雖然有刀；能夠

8　齊豫：〈井邊的談話──鄭愁予、齊豫詩歌對談〉，《聯合報》副刊，1985 年 5 月 25 五日。

9　同前註。

斬斷家鄉的島，能夠斬斷半夜的星星，能夠揮出一程風雨顛沛的旅程，卻斬不斷、揮不沉深藏在心中的鄉情、親情。水手刀被離別磨亮，可以感覺到那心靈深處的巨大而深沉的離別之痛。被用於航向一切逆風的桅蓬與繩索，這種航程的艱險和離別的痛苦交織在一起，把詩的感情濃度上升到了難以化解的程度。

〈船長的獨步〉一詩也充斥如此感受：

> 《夢土上・船長的獨步》
> 大洋的風雨送一葉小船歸泊
> 但哪兒是您底「我」呀
> 昔日的紅衫子已淡，昔日的笑聲不再
> 而今日的腰刀已成鈍銼了
>
> 一九五三，八月十五，基隆港的日記
> 熱帶的海面如鏡如冰
> 若非夜鳥翅生的驚醒
> 船長你必向北方的故鄉滑去……

既害怕別離，又渴念家，而又不斷地驅使自己不停地流浪，這是詩人的矛盾。然而，正是這矛盾的創造，讓我們體驗到他別致的情愫和非凡的豪情，能夠親身地感受份離恨與鄉愁畢竟是美麗的。

愁予常藉著海洋的意象來抒情愛情。游喚在〈臺灣現代詩中的土地：河流與海洋（上）——七十年代以前的現象考察〉[10]一文裡說：「海，以其動之形象，險與變之取意，集中在『流浪』、『漂泊』之喻

---

10 游喚：〈臺灣現代詩中的土地：河流與海洋（上）——七十年代以前的現象考察〉，《臺灣詩學季刊》16 期（1996 年 9 月）。

象。無定之方向感，與乎一水遠隔之距離感，組合成『海』作為詩象之意義鏈。」的確，在愁予的詩集裡，寫在海上的愛情詩篇，有著水手般的漂泊浪漫情懷。

《夢土上・如霧起時》

我從海上來，帶回航海的二十二顆星。

你問我航海的事兒，我仰天笑了

如霧起時，

敲叮叮的耳環在濃密的髮叢找航路；

用最細最細的噓息，吹開睫毛引燈塔的光。

赤道是一痕潤紅的線，你笑時不見。

子午線是一串暗藍的珍珠，

當你思念時即為時間的分隔而滴落。

我從海上來，你有海上的珍奇太多了……

迎人的編貝，嗔人的晚雲，

和使我不敢輕易近航的珊瑚的礁區。

一九五四年，當時詩人正好二十二歲，二十二顆星實際就是詩人自己。詩中情人的特徵都和航海連在一起：「敲叮叮的耳環在濃密的髮叢找航路」，「吹開睫毛引燈塔的光」，詩的尾句「和使我不敢輕易近航的珊瑚的礁區」，在航海者的眼裡，他的情人美得如珊瑚，神秘得也像海上珊瑚的礁區。這一詩句既表現了情人之美，也表達了對航海或對情人深深的摯愛，彷彿愛到了有點陌生的程度，這是水手的漂泊所帶來的陌生。

《夢土上‧貝勒維爾》

你航期誤了，貝勒維爾！

太耽於春深的港灣了，貝勒維爾

整個的春天你都停泊著

說要載的花蜜太多，喂，貝勒維爾呀

貿易的風向已轉了……

大隊的商船已遠了……

《夢土上‧紅的、藍的》

我流浪得如此奔疲

仍要記著

那兩瓣唇底紅菱

和眼睛的藍的海

　　海上的生活決定了他們更多的則是對愛的漂泊感、不定感。他們的愛是不完滿的，他只得向他所愛的人告別。然而，愛在詩人心中是神聖的，他有一種對愛的執著感，如：

《窗外的女奴‧姊妹港》

小小的姊妹港，寄泊的人都沈醉

那時，你興一個小小的潮

是少女熱淚的盈滿

偎著所有的舵，攀著所有泊者的夢緣

那時，或我將感動，便禁不住把長錨徐徐下碇

　　古典的韻味，傳送出現代詩人的感性、淒迷與哀惋。水手們以海為家，四處流離，漂泊無定，深深具有浪漫意味的飄零之感。

　　楊牧在〈鄭愁予傳奇〉[11]裡說:「一輯《船長的獨步》,足可使愁予永遠站在中國現代詩史的豐隆處。」可以見得,他對愁予海洋詩的讚賞與肯定。詩人漂泊四方,不斷地游走,也就不斷地感受著美,海上的風物吸引著他,通過心靈的感應宛轉而成為清麗的詩篇。在基隆港工作時,對海上風物的欣賞他是專注而的忘情的。愁予的海洋詩篇正是這種浪漫情懷的產物。

　　對生活於現代的人來說,海上的生活離我們太遠了,而這種羅曼蒂克的情趣是具有足夠的吸引力的,投身行旅,不斷地處於對海的新奇體驗中,怎麼能不讓人神往。所以,愁予用他的生花妙筆,為我們編織出這麼一個近乎迷幻的海洋世界,而成為詩壇永不消逝的風景自是可以想見的。

　　　　　　　　　　——選自《台灣詩學季刊》31期（2000年6月）

---

11 同前註。

宇宙的遊子
——愁予浪子詩評析

廖祥荏

齊邦媛在〈二度漂流的文學〉一文裡說：「漂泊一直是文學作品的一個重要主題。廣義看來，古往今來傳世的作品全是探討心靈漂泊與依歸的問題。」

愁予也說：「人時常處於漂流狀態，人在異地帶著探險的心和一種尋幽訪勝追求美的意念，充滿了無限開拓的可能性，這是一種突破空間的企圖；另外，人在異鄉、身處異地總不可免的充滿了懷舊、鄉思，這則是突破時間的企圖，古代詩人的作品多數是在異地完成的，所以漂泊之域總不以為是絕地。人類因為渴望突破時間、空間的侷限，所以採取了行動，也就是流浪。行旅中一切的感受復甦且敏銳，更適宜寫作。」

余光中在這首〈小招・歲末懷愁予〉的詩裡寫著：

那浪子，像所有的浪子一樣

結局是清麗的失蹤

絕句絕　酒缸空

只留下炊煙裊裊的一縷美名

繚繞他昔日的夢境

自此他將「浪子詩人」的頭銜贈給了愁予，愁予便以之飲譽臺灣

詩壇，不少詩評家都以此為中心評論愁予的詩。

愁予卻說：「因為小時候是在抗戰中長大，我接觸到中國的苦難，人民流離失所的生活，我把這些精神反芻的潛意識下屢屢寫進詩裡，有人便叫我『浪子』了，而在積極方面影響我童年和青年時代的，更多的是傳統的任俠精神。如果提升到革命的高度，就變成烈士、刺客的精神。這也是我詩中主要的一種內涵，從頭貫穿到底，沒有變。」

愁予眼中，「浪子」似乎是一個消極的名詞，所以要辯正，而用「刺客」、「烈士」之名代之。其實，自古代中國始，「浪子」一詞就具有和「烈士」、「刺客」相近的內涵。如愁予自己後來所說的，「『浪子』也可能是為人間打抱不平才流浪的，像游俠一樣；浪子另外的目的是尋找美，山川之美、文物之美也許是浪子要追求的。」

愁予是有一種浪子意識的，這浪子意識的養成如他自己所分析的，與其童年生活有密切關聯。一方面是人民的漂泊流離在他內心的沉積；另一方面，就是隨著童年時代大江南北的輾轉流浪，各地的山川喚醒了他對美的感應。

這兩方面的閱歷同時擴大著他的心域，讓他既有一種帶著矜持的早熟，又有著具有古典風味的浪漫情致，渴念流浪，並且用筆來宣洩。同時，他年輕時對武俠小說特別著迷，武俠小說的主角多是「浪子」型的人物，這對他也有一種潛在的影響。

古典詩詞中對他影響最深的《古詩十九首》，其中人生的無常，其實就是最大的流浪，從出生到死亡，這是詩中表示的最基本精神。這抒發人生悲絕、流浪奔波的情懷感染著他年輕的心靈。

這樣，就產生「浪子」式的古典情操，而詩意的懷抱也就從此滋長著。楊牧說：「愁予當然是浪子，是我們二十五年來新詩人中最令人著迷的浪子」。愁予是浪子詩人，他的詩頗具浪漫的流浪情懷，使

我們讀他的詩，就像是在讀他的流浪。他的詩有中國傳統的古典風味，而流浪的美和因流浪而造成的浪漫情懷，無疑是構成此種古典風味的最重要素質。

愁予的流浪詩風在他的詩中隨處可以看到，嗅得浪子僕僕風塵的味道，楊牧認為：「新詩運動以來，愁予是最能把握這個題材的詩人」。這個題材就是「流浪」，這是早期愁予詩的特殊情緒，這種特殊情緒隱含了瀟灑的、不羈的以及不回歸的「浪子意識」。這「浪子意識」隨時隨地潛伏在他的詩中。

一　空間的漂泊感

在愁予的詩中這種浪跡天涯的漂泊感包括了思鄉之情、不回歸的流浪，及矛盾的心態。顯現出一個抱著沒有歸宿心態的浪子，他要做的是一種徹底的流浪：

> 我達達的馬蹄是美麗的錯誤　我不是歸人，是個過客……（《夢土上‧錯誤》）
>
> 但我已是老了的旅人　而老人的笑是生命的夕陽
>
> 孤飛的雁是愛情的殞星（《夢土上‧黃昏的來客》）
>
> 別離的日子刻成標高；我的離愁已聳出雲表了。（《夢土上‧雪線》）
>
> 不再流浪了，我不願做空間的歌者，寧願是時間的石人。（《夢土上‧偈》）
>
> 浪子未老還家　豪情為歸渡流斷（《衣缽‧野柳岬歸省》）
>
> 多想跨出去，一步即成鄉愁，那美麗的鄉愁，伸手可觸及（《窗外的女奴‧邊界酒店》）

這些流浪人語或遊子心聲，充滿在愁予的詩中，予讀者一清晰活現的印象。

瀰漫在愁予詩中的，幾乎都是流浪的情懷，余光中稱他為浪子詩人是當之無愧的。但詩人不得已也有「我底心懶了／我底馬累了」（《夢土上·牧羊女》）的心聲，此際思鄉懷舊之情便油然而生，詩人終於說：「漂泊得很久，我想歸去了／彷彿，我不再屬於這裡的一切／我要摘下久懸的桅燈／摘下航程裡最後的信號／我要歸去了……」（《夢土上·歸航曲》），浪子總該有停泊之處，而這最終的避風港或許是浪子起程的故鄉。

二　時間的消逝感

愁予的浪子意識呈現給我們的，不僅是空間移動的一次元，而且加進了時間流動的二次元，使浪子意識的主調表露無遺。時光消逝的無情，撒落在他的詩裡：

> 我自人生來，要走回人生去／你自遙遠來，要走回遙遠去（《夢土上·小河》）
>
> 你當悟到，隱隱地悟到／時間是由你無限的開始（《夢土上·崖上》）
>
> 終有一次鐘聲裡，總有一個月份／也把我們靜靜地接了去……。(《夢土上·鐘聲》)
>
> 生命本是一窗；一雁飛過，一壁虎爬過；一瓣因我而悴的春花落過……（《夢土上·遠景》）
>
> 只見　人焚葉如焚夢／投在紅蓮的花座內／那一頁頁的經書……是已黃了的（《衣缽·燕雲之八》）

我也是木風為伴的靜物／在暗澹的時日　我是攤開扉頁的書／
標題已在昨夜掀過去（《窗外的女奴‧靜物》）

這些詩滲漏了時間的消逝感，愁予可謂擅用「時間流轉去」的高
手。其中以〈雪線〉一詩，揉合了時空交錯感：「別離的日子刻成標
高；／我的離愁已聳出雲表了」，這種離愁的感覺是立體的，把時間
的消逝在空間的標高上，思鄉之情不言自溢啊！

倘浪子意識只借空間的漂泊感來呈現，似乎不夠完全、徹底，畢
竟空間的流離必須加上時光流逝的無情，浪子才能產生莫可名狀的流
浪情懷；其實，這時空交織成的浪子的「失所感」，不也就是我們全
部人生的縮影嗎？

由空間的漂泊感與時間的流逝所交織而成的雙重奏，使他的詩特
別展現出動態的風貌，由於動態意象的描摹，使我們讀起來，有如欣
賞電影的畫面、聆聽音樂的播放一樣，那麼生動傳神，這大概是愁予
的詩令人著迷的原因之一吧！

愁予說：「流浪並不一定是指從一個地方到另一個地方去；也指
我們心靈的流浪，我們的生命不能永遠停頓在某一個時間，某一個年
歲，整個過程也是一種流浪的情態。」詩人原來是憑藉著心靈的想
像，游離在時間與空間之中，創造出漂泊的浪子情懷。

——選自《中國語文》87卷4期（2000年10月）

一剪青絲融於雲的淨土
── 愁予山嶽詩評析

廖祥荏

　　儘管在現代的都市叢林裡，很難像古代文人那樣泛舟江湖，倘佯山林，而愁予仍然不時地向自然山水投去深情的一瞥，情不自禁地用各種抒情方式來傾訴對大自然的禮讚和嚮往，常常轉向素樸、完美、清幽的大自然尋覓解悟，以求超脫。這種自然審美意識一方面積澱著中國傳統的崇尚自然、眷戀山水的基因，另一方面又融進了西方近代浪漫思潮「返歸自然」的成分。它凝聚著豐富的文化哲理意蘊，從一個側面折射出詩人的文化心態與審美情趣。

　　當瘂弦在訪問稿裡提到了「山嶽詩」這一主題時，愁予說：「山是我一個主要的題材，……自然對我來說意義重大，沒有自然，我幾乎不能寫詩了。」在中國傳統的文學裡寫山的詩是不計其數，在《唐詩三百首》的作品中寫山的就有一百五十處。而在臺灣有人對山視而不見，有人住在山裡卻想念平地的生活，山對都市人的衝擊很小，甚至只是休閒的地方。

　　但愁予是詩人，也是登山者，對於山有著一份特別的執著。他說：「詩若能和自然結合，才更豐富，詩人登山和登山者寫詩是二為一體的。」

　　愁予在臺灣的第一本詩集《夢土上》裡有一輯「山居的日子」，裡面就寫著：

不必為我懸念，我在山裡，……（《夢土上・山外書》）

每夜，我擦過黑石的肩膀，／立在風吼的峰上，／唱啊！這裡不怕曲高和寡。（《夢土上・山居的日子》）

啊，這兒的山，高聳，溫柔，／樂於賜予（《夢土上・探險者》）

這些雖算不上是寫山的詩，但可以見得此時的愁予已有著對山的眷戀，在海港工作時期，他利用大量時間去登山，接受正式的攀登岩石雪崖的技術訓練，日後他的詩中反映了登山的感受。因此，在山與詩之間有著更多的關聯。

愁予說：「打從早期的詩作如〈燕雲組曲〉，裡面都是描寫臺灣的山水，我寫山水，並不只是作外表的描述，而是整個人的介入，將山水人格化了。」

在一九五七年到一九六五年之間，愁予寫了〈五嶽記〉二十首，其中南湖大山輯六首、大霸尖山輯三首、玉山輯二首、雪山輯二首、大屯山輯三首以及大武山輯三首。楊牧在〈鄭愁予傳奇〉一文裡說：「以登山觀察與感受為中心，編織出一種完整的山嶽形象，揉寫景與敘事於一爐。」

〈雲海居〉一詩是詩人公諸於世的山之初次愛戀：

《窗外的女奴・雲海居》

戀居於此的雲朵們，想是為了愛著群山的默對——

彼此相忘地默對在風裡，雨裡，彩虹裡。

偶獨步的歌者，無計調得天籟的絃

遂縱笑在雲朵的濕潤的懷裡

遂成為雲的呼吸……縹緲地……

今日讀來，竟以為時光不曾流逝。詩人於一九五七年攀登玉山，次年高攀奇萊山天池時，敘發纏綿回憶，留下此篇詩作，楚戈說他是：「寫情詩如寫山水，寫山水如寫情詩。」的確是如此啊！

　　群山、風、雨、雲、彩虹之間的「默對」，架構成了〈五嶽記〉中基本的內涵，而由「默對」衍生出的是寂靜與寧謐的一貫風格。其後，南湖大山、大霸尖山等，全都在讀者心中印下恆久的唯美之姿。

　　　　《窗外的女奴・卑亞南番社》
　　　　我底妻子是樹，我也是的：
　　　　而我底妻是架很好的紡織機，
　　　　松鼠的梭，紡著縹緲的雲，
　　　　在高處，她愛紡的就是那些雲

　　　　而我，多希望我的職業
　　　　祇是敲打我懷裡的
　　　　　　小學堂的鐘，
　　　　因我已是這種年齡——
　　　　啄木鳥立在我臂上的年齡。

　　這首詩分二段，二段各自代表的意義相當分明。張漢良在《現代詩導讀》評析此詩說：「一開始便作了兩個暗喻，敘述者自擬為樹，妻也是樹……第二、三行由傳統對婦女身分與職業的看法而來，妻子又被暗喻為紡織機與松鼠的梭，高高的樹紡織的是雲。」在第一段裡，愁予用他獨特的語言來模山範水，把山裡的景象與日常生活動作的形象熟練的串織在一起。在第二段裡，呈現出的是一種老年的心情。詩中「啄木鳥立在臂上」表示在需要醫生治病的那個年齡時，他對生活有著歸趨平靜的希望。

《窗外的女奴‧馬達拉溪谷》

扮一群學童那麼奔來

那耽於嬉戲的陣雨已玩過桐葉的滑梯了

從姊妹峰隙瀉下的夕暉

被疑似馬達拉溪含金的流水

愛學淘沙的蘆荻們，便忙碌起來

便把腰肢彎得更低了

黃昏中窺人的兩顆星

窺看我們猶當昔日一撥撥的淘金人

而在如此暖的淘金人的山穴裡

我們該怎樣？……哎哎

我們也許被歷史安頓了

如果帶來足夠的種子和健康的婦女

在這首詩中，詩人將自己整個投入星、山、水與花木等山林景物的運行中，且意欲隱遁於自然之中，終老於斯，他的心境絕不同於昔日充滿野心的「淘金人」。詩中「金」這個意象相當重要，代表了山中自然的產物，而有了淘金人的參與，他便象徵現實的功利及都市人唯利是圖的心態。在安全、寧靜且不受干擾的山林中，詩人對自然產生了烏托邦的歸返。

《窗外的女奴‧霸上印象》

不能再東　怕足尖躓入初陽軟軟的腹

我們魚貫在一線天廊下

不能再西　四側是極樂

隕石打在粗布的肩上

水聲傳自星子的舊鄉

而峰巒　蕾一樣地禁錮著花

在我們的跣足下

不能再前　前方是天涯

巨松如燕草

環生滿地的白雲

縱可憑一釣而長住

我們　總難忘藍褸的來路

茫茫復茫茫　不期再回首

頃渡彼世界　已遲回首處

如果一個人從沒有登過山、涉過險的經驗，恐怕無法想像這第一節詩，這裡是說他們登山已經登到一個極危險的境界了，如果稍一不慎，就要失足陷入萬丈的深谷。愁予說：「山不會為難人，主要是氣候造成不適，氣候本身有破壞力。……風一起，視線立刻看不清楚，失足的機會很大」，這些感受就在詩句裡蘊涵得十分深刻。第二節裡「水聲傳星子的舊鄉」等句，表現出在山中聽到山谷響徹的水聲，就像來自銀河一樣。人在高處感覺與平常有所不同，這大概也有著「一覽眾山小」的感覺。第四節在情味上也是很典雅的，人已立在雲海的峰頂之上，看見雲海的那片浩瀚讓人有著一種震撼。愁予說：「登山，不免和克服稜線的高峰有關，山的本身卻是不被克服的。」

王文進曾把臺灣現代山水文學歸納為四種類型，其中把愁予歸為第二類「拓荒式」的，他在「現代臺灣山水文學座談」裡說：「愁予這一類的作家就能直探臺灣山水要津。當然這和詩人的成長背景相關。鄭愁予高中時代便已在臺灣唸書，對他而言，大陸和臺灣分界不

是那麼明顯，他看到臺灣山水時被臺灣山水吸引，一如看到長城時被長城吸引時一樣『專情』。他不作無論的比附，所以能寫出『眾溪是海洋的手指／索水源於大山』的名句，將臺灣海島高山、急流，交揉的特色雕塑得那麼準確。我稱之為拓荒型的。」

　　愁予不論身處何地，惦記的全是臺灣的山林，這從他山嶽詩的創作便可以看出來。一九六八年，詩人浪跡異鄉後的第一本詩集《燕人行》裡，僅有〈紐罕布什爾絕早過雙峰山〉這一首詩與山結緣，他說：「如果是國外的山，就不可能那麼投入，頂多寫一首。」因為詩人熱愛的是臺灣的山，對臺灣的山感受力也特別地強烈。

　　在晚近的《寂寞的人坐著看花》一輯詩裡有八首詩：〈夜宿谷關——未落成的寺內〉、〈上佛山遇雨〉、〈北回歸線〉、〈苦夏〉、〈窗前有鳳凰木〉、〈寂寞的人坐著看花〉、〈洗紅溪與女孩〉與〈群的風景〉，描寫的是詩人重遊臺灣之作，看這首〈寂寞的人坐著看花〉：

　　　山巔之月
　　　矜持坐姿

　　　擁懷天地的人
　　　有簡單的寂寞
　　　而今夜又是
　　　花月滿眼
　　　從太魯閣的風簷
　　　展角看去
　　　雪花合歡在稜線
　　　花蓮立霧于溪口

> 谷圈雲壞如初耕的圍圍
>
> 坐看峰巒盡是花
>
> 則整列的中央山脈
>
> 是粗枝大葉的

天地為樹,詩人賞花,賞玩久了,整棵樹被收羅於詩人的心眼之中,即使不看,天地依然在懷。可是「矜持」的過程和擁懷天地的滋味,真有多少人能解呢?於是寂寞兀自寂寞,要細說起來,也不那麼簡單了,詩人偏說「簡單」,是他既不想辯,乾脆留給我們自己去想。這首詩語言樸實淳淨,宛如素妝的仕女,有一種出塵的清雅、端莊與貞定,詩意所透顯的冷雋,是禪定的智慧。

愁予早期的山嶽詩有著浪漫的想像,愛好自然寫作的劉克襄在評〈五嶽記〉時說:「唯因詩人的浪漫,這些山巒也添增了許多非寫實的璀璨色彩,瞻前顧後,現代詩從未跟臺灣的山如此纏綿過,個人相信,這一組創作會是早年自然誌裡重要的文學意象,繼續傳承下去。」

而近期的《寂寞的人坐著看花》則有著不盡的禪意,愁予在序裡說:「山水又將到我的詩中作客,且將是儒道二家的客人。」洪淑苓在〈論鄭愁予的山水詩〉一文中說:「他的創作意識是中國式的山水詩,正是他服膺道家山水美學的成果。」因此,游喚將他的山嶽詩評定為「臺灣之『思想』的山水」。

從早期的〈山居的日子〉、〈燕雲組曲〉到〈五嶽記〉,以至於晚近的《寂寞的人坐著看花》一輯,可以見得愁予愛臺灣,也愛臺灣的山,詩與山的纏綿將會不斷地延續下去。

——選自《中國語文》88卷3期(2001年3月)

天涯踏雪記
——瘂弦旅行詩評析

廖祥荏

「旅行文學」永遠令人心嚮神往，這一類作品的產生就是作家既要旅行也要寫作。就內容而言，作者要有親履其地的真實體驗，並記下異地的自然景致與人物風情，或因遊歷的情節引發作者心靈的感動與人文的思考。

余光中在〈論民初的遊記〉一文中說：「在『觀光』成為事業的現代，照理遊記應該眼界一寬，佳作更多才對。」的確，臺灣經濟起飛後開放出國觀光，創作旅行文學的作品漸漸多了起來。

南方朔在〈中國旅行記號學〉一文裡說：「人們『觀望』城市，旅遊風景，它不發現什麼，但卻印證了許多：它印證了我們在書本上得知的對某地方的記號，印證了人們的想像、渴望和恐懼……旅遊的最基本出發點，一切的經驗都發自第一個經驗，也必拉回到第一個經驗。」

就形式而言，旅行文學有很自由的形式，可以跨越詩、散文、小說等各種傳統文類的固定疆界，可以包含抒情、議論、敘事、書信與想像等。而瘂弦正是以詩的形式表現了旅行的感受。

當義芝訪問到他最喜歡做的事是什麼時，瘂弦毫不猶疑的表示：「旅行。旅行是唯一的方式，讓我生活得不厭煩。」距離是產生好詩的因子，詩人因為遨遊在異域，在時空的變換中，旅行與詩同樣讓他

陶醉也清醒。

愁予在早期的詩集《衣缽》裡已有〈大韓集〉的韓國日記畫之
作,如這首〈四月〉:

> 《衣缽‧四月》
> 成簇的
> 一束白的長裙女
> 蝶遊和蝶遊於
> 櫻族的花行樹
> 四月被攪拌
> 七彩不分的樣子
> 迤邐到遠方去
> Chinhae喲
> 美之甬廊下
> 彼港
> 如飄雲的後簷
> 盪出鐘聲一記
> 扶著另一記鐘聲
> 於是青潤的柏油道上
> 　粉痕宛然
> (註)Chinhae為韓國軍港,櫻花盛開,賞花仕女雲集。

詩人因其感悟而刻劃空間事象中美的質素。在第一行便埋下意象
衍生的據點,「成簇的」使人產生花團錦簇的固定想像。所以接下來
「一束白的長裙女」的一束是自然的聯想,用來形容仕女腰肢之細
柔。「蝶遊和蝶遊於」一方面暗喻仕女仍是蝴蝶,春遊婀娜多姿的體
態;一方面以文字之重複顯示旅途漫漫。第二段以其個人的心緒介入

詩中時間事象的活動。「四月被攪拌／七彩不分的樣子」早已呈現於第一段的視覺意象當中，有著客觀景物的美與主觀想像的美。詩人沈浸在四月的美學當中，終於發出「Chinhae喲」嘆為觀止的呼喚。末段由韓國軍港，轉而浮現中國的古典建築，到底是無理而妙的事。從「美之甬廊下」至「彼港／如飄雲的後簷」語氣文脈不斷，段落卻已截然分明，這是詩人的匠心所在。最後詩人以「粉痕宛然」作結，兼顧花粉及脂粉兩義，餘音不絕；我們可以想像在那兩旁是「櫻族的花行樹」的「青潤的柏油道上」「粉痕宛然」，那是如何的一種美？難怪詩人名之為「美之甬廊」了。

一九六八年愁予遠赴美國之後在臺灣所出版的三本詩集：《燕人行》、《雪的可能》與《寂寞的人坐著看花》，皆有「散詩紀旅」或「散詩紀遊」這樣一輯旅行詩的代表。

在愁予的旅行詩中有許多描寫自然景致與人物風情的，如：

《燕人行・紐罕布什爾絕早過雙峰山》
雷雨停歇的時候
領洗者躬身在密蘇里河上
閃著水光
榮耀，如一列上帝的白鐮刀
　（燕人行・酋長的弓）

疏林堅持不寐
雙峰在雲氣中走著如一對更夫
　冷　杉也醒著
　靜　使生靈惶感而
　如泉聲淙淙之難禁

《燕人行‧夢斗塔湖荒渡》

亂冰擁在東南沿岸

一片大白的湖水在西北

最無奈的季節是尚封未封

雉鼠也難踏越

而欲渡無渡

舟楫臨冬就已冷置

《雪的可能‧大峽谷》

麥田，在

古銅的亮金的有著種種神秘的地平線的那邊

閃著一抹青海的藍

《雪的可能‧飛越聖海倫絲火山俯覽》

爆發後的晴日

無欲的美麗

獨坐的聖海倫絲

不著片縷的乾淨

《寂寞的人坐著看花‧冰雪唱在阿拉斯加》

針葉林直立　鬱鬱怒髮　寂藍的冠

彈起成為天穹的模樣

冰雪出神　狼群奔兀是尋找祭場的

《寂寞的人坐著看花‧再回首中——瑞尼耳峰產》

我只記得

　　所住的星球是月塘色的

　　擊鼓時的衣衫是

　　寒鷺色的

　　凝凍後的軀體

　　如玻璃的剪紙

　　夢的原型

　　這些都是愁予在旅行時所寫下的詩，栩栩如生的描繪出當地的優美景致，綠原說：「他的詩沒有做作的『擬人化』，也沒有冷漠的『自然化』，而是通過變換的意象和跳躍的情緒，努力將詩人自己和自然合而為一。」在這些異國風情的描繪裡，愁予投注了個人真摯的情感。

　　除了這些美麗的景物描寫，愁予更有著因遊歷的情節而引發的心靈感動與人文思考，如：

　　《燕人行‧金山灣遠眺》

　　海鷗自不是聽經的鳥

　　聽說雲中有大學

　　碰見鐘聲就撲翅一聲入水去了

　　《燕人行‧天涯踏雪記》

　　所謂雪

　　即是鳥的前生

　　所謂天涯

　　即是踏雪而無

　　足印的地方

《雪的可能‧落馬洲》
我走出自己的葬禮
伸出手，誰來跟我握一握

《寂寞的人坐著看花‧冰雪唱在阿拉斯加》
我所以今生是思想的狼
前生是獵人

《寂寞的人坐著看花‧嘉峪關西行》
就在此處　我趺坐　等候
任由經卷歸與諸佛
則我的心是敦煌最空敞的窟

　　在這些旅行詩裡，愁予也表達了心靈的感動與人文的思想，隱含了許多的哲理與禪意。其中〈天涯踏雪記〉一詩裡說「所謂雪／即是鳥的前生」，雪是自然，早在有鳥的腳印之前，說明了自然先於其他的事物而存在。「所謂天涯／即是踏雪而無／足印的地方」，能有鳥印的地方畢竟是少數，道出了天涯是遙遠極了的。還有許許多多遙遠的地方，沒有腳印，我們還是要繼續走下去。這段詩有種天涯、夐遼、孤零、蒼涼的感受，正是愁予的拿手特色。

　　愁予說：「生活在異域，文化基因與氣質未曾離體，內涵和識別不缺，寫詩便不受影響。……時間只是載具，居住海外易於利用這個載具，變換空間造成距離，乃能網羅豐富的詩的因子。」在陌生的城市裡，愁予想要喚回的是心中原先熟悉的記憶，旅行豐富了生活，也豐富了詩，愁予的旅行詩替讀者伸展了觸鬚。

——選自《中國語文》88卷6期（2001年6月）

一分鐘的星蝕
── 鄭愁予愛情詩評析

廖祥荏

　　愛情是文學中永恆的主題，而情詩更像是銀河中熠熠的星光，一閃一閃地發出動人的信音。在人性的深處蘊含著愛情的驅力，在生活的土壤中深藏著愛情的種子，然而在文學的百花園中必然也就有情詩含苞待放著。

　　古繼堂在《臺灣新詩發展史》中提到愁予是「臺灣愛情詩的高手」，他說：「鄭愁予的愛情詩的重要特色不是以詞藻取勝，他們仍然是以內在的情感動人」，且在《臺灣愛情文學論》中將他的愛情詩與余光中、敻虹以及楊牧同歸於「臺灣愛情詩的新古典派」，指的是兼有中國傳統的與西方的語言、意象和色彩。

　　愁予以為：「情詩，應該是抒情詩類中更屬於個人親身恣意的作品，……情之一字是詩的形容詞，而這情字必須能真摯懇勵，為愛情的寓意作一番提昇。」他的愛情詩自然也是表現純粹的真摯，為愛表現出靈活多樣、豐富多彩的詩情。

　　年輕時的愁予是以一位浪漫不羈的少年出現，在他的情詩裡充分表現出對愛情的嚮往，與對情人的美好想像，如：

　　　《夢土上・星蝕》
　　　一九五三年，啊，竟有了兩次，

月亮在白晝插足於地球與太陽之間，
那是日蝕了，像我們幽暗的小別。
今年還不能計算出尚有多少月蝕，
那失去清輝的時辰像小小的魘夢。
但在我的曆上有那麼個藍色的夜晚，
永被記憶也僅逢一次的你：
悄悄的，一分鐘的，當翹起薄薄的唇的，
星蝕──

　　剎時宇宙凝定了，我失去了呼吸……。

　　一九五三年愁予正是二十歲的少年，他記錄這短短的戀的感覺用
「一分鐘的星蝕」，在這裡雖然只有悄悄的一分鐘卻「永被記憶」，那
恐怕因為這是「僅逢一次」的，這最初的只有一次就令人永生難忘，
深情而哀愁的感受令每顆年少易感的心都悸動了起來，這樣的情詩使
愛情悲絕又美麗。

　　愛情原是迷人的，不論感情憧憬的獲得與否，都成了生命發展的
強大動力，這些纏綿動人的詩句，完全是柔性的表現，使人甘願放棄
一切，包括整個生命和宇宙，只願求得這一分永恆：

《窗外的女奴‧水巷》
我原是愛聽聲罄聲與鐸聲的
今卻為你戚戚於小巷的陰晴
算了吧
管他一世的緣分是否相值於千年慧根
誰讓你我相逢
且相逢於這小小的水巷如兩條魚

　　情詩隨愛情的萌發、進退、糾纏、離合而產生千變萬化的風貌，
楊牧說：「《夢土上》裡最震撼人心的抒情詩也許應數『賦別』」，這首
詩在展現別情的憂愁苦楚裡都注入了真摯的祝福，使人不由得動容：

> 《夢土上・賦別》
> 這次我離開你，是風，是雨，是夜晚；
> 你笑了笑，我擺一擺手
> 一條寂寞的路便展向兩頭了。
> 念此際你已回到濱河的家居，
> 想你在梳理長髮或是整理濕了的外衣，
> 而我風雨的歸程還正長；
> 山退得很遠，平蕪拓得更大，
> 哎，這世界，怕黑暗已真的成形了……
>
> 你說，你真傻，多像那放風箏的孩子
> 本不該縛它又放它
> 風箏去了，留一線斷了的錯誤：
> 書太厚了，本不該掀開扉頁的；
> 沙灘太長，本不該走出足印的；
> 雲出自岫谷，泉水滴自石隙，
> 一切都開始了，而海洋在何處？
> 「獨木橋」的初遇已成往事了，
> 如今又已是廣闊的草原了，
> 我已失去扶持你專寵的權利；
> 紅與白揉藍於晚天，錯得多美麗，
> 而我不錯入金果的園林，

卻誤入維特的墓地……

這次我離開你，便不再想見你了，
念此際你已靜靜入睡。
留我們未完的一切，留給這世界，
這世界我仍體切的踏著，
而已是你底夢境了……

別離是憂愁或是歡愉，端看你是苦苦的執著還是豁達的超脫，然而既是真情相對，無所虧欠，並不一定是要有所結果的。浦伯良說這首詩是「哀而不傷」，詩的首段展現對愛情的瀟灑，「你笑了笑，我擺一擺手」表現出理性的道別；中段是對愛情的肯定，「紅與白揉藍於晚天，錯得多美麗」顯出了愛情的美麗與無奈；末段則是勇敢的承受，不帶半點埋怨。纏綿悱惻之間復見盪氣迴腸，曲終情未了，飽含深情的音符仍在我們耳畔迴響著。

　　古繼堂說：「鄭愁予的愛情詩，多是採用心理描繪的手法，而且多是單方想像中的心理描寫，很少有情人雙雙在一起的纏綿情狀和對話場面。」天上的星星因為距離的遙遠難及而顯得珍貴無比，愛情也是如此，如：

《夢土上‧小小的島》
你住的小小的島我正思念
那兒屬於熱帶，屬於青春的國度
淺沙上，老是棲息著五色的魚群
小鳥跳響在枝上，如琴鍵的起落

那兒的山崖都愛凝望，披垂著長藤如髮

那兒的草地都善等待，鋪綴著野花如果盤

那兒浴妳的陽光是藍的，海風是綠的

則妳的健康是鬱鬱的，愛情是徐徐的

雲的幽默與隱隱的雷笑

林叢的舞樂與冷冷的流歌

妳住的那小小的島我難描繪

難繪那兒的午寐有輕輕的地震

如果，我去了，將帶著我的笛杖

那時我是牧童而妳是小羊

要不，我去了，我便化做螢火蟲

以我的一生為妳點盞燈

這首詩中的主角深深地思念他遠方的情人，但他卻說正思念她住的那個小島。於是他把情人住的小島進行了一番美化和描繪，正是此時他暗暗地注入了對情人的深情，藉描繪小島刻劃出了思念對象的情態和形象：「那兒的山崖都愛凝望，披垂著長藤如髮」，這詩句寫得十分精彩，實際上是詩中的他想像情人對自己翹首遠眺的樣子。尤其是「披垂長藤如髮」女性的形象躍然於紙上。她不是坐在那裡空等待，而是鋪綴著野花如果盤，怕遠來的心上人累了，這滿盤的香花鮮果正好為他洗塵。這裡每一個形象，每一種體姿，都是一種替代。這替代的形象既符合人物的心境和情態，也和詩人描寫的自然環境相吻合，既美麗又適切，表現了詩人極高的詩的才華。最後用想像的手法描繪自己：我吹著笛當牧童，妳是在草地上輕輕行走的小羊；或者是我化作螢火蟲，一輩子為妳點燈。表現了他無限的癡情和無比的忠誠。

　　愁予寫愛情詩不像濃烈的酒，倒像淡淡的秋天，自然的、不做
作。古繼堂說他「擅於向深部鑽探，把井挖得很深，使感情之井泉水
清澄，甘美可口」，如：

> 《夢土上·雨絲》
> 我們底戀啊　像雨絲，
> 在星斗與星斗間的路上
> 我們底車輿是無聲的。
>
> 曾嬉戲於透明的大森林，
> 曾濯足於無水的小溪，
> ──那是，擠滿著蓮葉燈的河床啊，
> 是有牽牛和鵲橋的故事
> 　遺落在那裡的……
>
> 遺落在那裡的──
> 我們底戀啊　像雨絲，
> 斜斜地　斜斜地織成淡淡的記憶
> 而是否淡的記憶
>
> 　就永留於星斗之間呢
> 如今已是摔碎的珍珠
> 流滿人世了……。

以綿綿無盡的濛濛雨絲比喻愛情極為貼切，地上人間的愛情，沾染著
天上仙界的氣息，給人一種飄忽的浪漫感受。這種情感不偽裝不雕
飾，在詩中使情、景和諧一致，產生了強大的藝術感染力。

在愁予的愛情詩中以〈錯誤〉一詩最為著名，很多青年男女朗朗上口、傳抄互贈，可說是成了愛情詩的象徵了。

《夢土上・錯誤》
　我打江南走過
　那等在季節裡的容顏如蓮花的開落

　東風不來，三月的柳絮不飛
　你底心如小小的寂寞的城
　恰若青石的街道向晚
　跫音不響，三月的春帷不揭
　你底心是小小的窗扉緊掩

　我達達的馬蹄是美麗的錯誤
　我不是歸人，是個過客……

這是一首輕巧清雋的心詩，以江南的小城為底，也襯出了思婦盼望歸人的執著愛情。沈師謙在〈從何其方到鄭愁予──比較評析「花環」與「錯誤」〉一文中提到：「自內涵上而言，脫胎於宋柳永的詞〈八聲甘州〉：『想佳人，妝樓顒望，誤幾回，天際識歸舟。』」，愁予創造了「美麗的錯誤」，他意境的優美深婉堪與宋詞小令相提並論。這首詩在詩句的安排上很特別，全詩九行分為三小節，第一小節的二行低二格排列，表示「引子」。愁予在談到這首詩時說：「這首詩為了表現馬匹經過街道，所以在詩句的安排上有些特別。前面和後面的兩行，類似馬蹄的行動；而中間有五行，主體是過路的人，客體是等待的人。」第一小節節奏短促，暗示過客的匆匆；第二小節這小小的城裡，女子等待的心有一種純粹無聲的美；末段呼之欲出的竟是「達達

的馬蹄」馳過緊掩的「小小的窗扉」，然而「不是歸人」卻「是個過客」，真是個美麗的錯誤。全詩有著含蓄不盡的美，這等待裡美麗的錯覺是情人獨有的，這虛幻而迷濛的色彩，使得這個「錯誤」美上加美了。

愁予在一九六一年寫了一首〈右邊的人〉，在我國的風俗習慣裡，兩性的位置區分是男左女右，因此伴我右邊的人便是妻子。全詩的語言和筆調顯得蒼老而沉穩，這大概是二十九歲的愁予心態成熟後的一種寧靜。

> 《窗外的女奴‧右邊的人》
> 月光流著，已秋了，已秋得很久很久了
> 乳的河上，正凝為長又長的寒街
> 冥然間，兒時雙連船的紙藝挽臂漂來
> 莫是要接我們回去！回到最初的居地
>
> 你知道，你一向是伴我的人
> 遲遲的步履，緩慢又確實的到達：
> 啊，我們已快到達了，那最初的居地
> 我們，老年的夫妻，以著白髮垂長的速度
>
> 月光流著，已秋了，已是成熟季了
> 你屢種於我肩上的每日的棲息，已結實為長眠
> 當雙連的紙藝復平，你便在我的右邊隱逝了
> 我或在你的左邊隱逝，那時
>
> 落蓬正是一片黑暗，將向下，更下
> 將我們輕輕地覆蓋

　　深秋的月光流著，把長又長的寒街，流注成乳的河。如此宜人的月圓之夜，老年夫妻挽臂漫步街頭，乃是白頭偕老的最佳寫照。詩人又從月光的河聯想到船，乃用兒時雙連船的紙藝代表最初的戀情。貫串起整個過程中的回憶，以回到最初的居地為終極的目標。夫妻情感的累積，是要到「結實為長眠」才成熟的，然而當落蓬「將我們輕輕地覆蓋」的時候，我們最後還是長眠在一起。這首詩，詩人不但兩度以「月光流著，已秋了」賦予迴旋的調子，且不斷地以意象的重疊、語言的重疊，加深了迂緩低迴的深情，難怪羅行要將此詩譽之為「一首現代的白頭吟」。

　　愁予的愛情詩意象豐富、溫婉動人，給人一種言有盡而意無窮的感覺，獨創了一個小小的愛情的夢土，教無數的有情人在這裡感動地落淚。

——選自《中國語文》89卷4期（2001年10月）

鄭愁予〈小小的島〉評析

許恬怡

《夢土上‧小小的島》
你住的小小的島我正思念
那兒屬於熱帶，屬於青春的國度
淺沙上，老是棲息著五色的魚群
小鳥跳響在枝上，如琴鍵的起落。

那兒的山崖都愛凝望，披垂著長藤如髮
那兒的草地都善等待，鋪綴著野花如果盤。
那兒浴妳的陽光是藍的，海風是綠的，
則妳的健康是鬱鬱的，愛情是徐徐的。

雲的幽默與隱隱的雷笑，
林叢的舞樂與冷冷的流歌，
妳住的那小小的島我難描繪，
難繪那兒的午寐有輕輕的地震。

如果，我去了，將帶著我的笛杖，
那時我是牧童而妳是小羊。
要不，我去了，我便化做螢火蟲，

以我的一生為妳點盞燈。

鄭愁予的〈小小的島〉，是一首相當動人的情詩。有人說「小小
的島」指的是臺灣，應是思念故鄉之作。「小小的島」指的是臺灣沒
錯，但應不是為思念故鄉所作。這首詩完成於民國四十四年，也就是
鄭愁予二十二歲時，而他是在一九六八年（民國五十七年）才赴美。
就我們所知，二十五歲前鄭愁予的詩風就是浪漫的，顯現的是真實、
自然、奔放而不做作的熱情。因此，本詩若單純就情詩的角度來探
討，應更能貼近作者的想像空間及其創作意象。就如何寄澎先生所
說：「一般公認，『小小的島』指臺灣，此詩寫愁予對寶島的眷戀。唯
詩無達詁，自情詩角度看，似更覺美麗。」是很好的觀點。

一　〈小小的島〉的意象塑造

這首詩的作者深深思念著他遠方的愛心，卻含蓄的說正在思念她
所住的小島，並對這小島作了番美化和描繪。首先寫這個地方的自然
景色：第一段寫島的位置、氣候、地理環境，是一個有魚群、小鳥的
青青國度；第二段寫山崖、草地、和野花；第三段寫白雲、雷聲、林
叢與流水。在景物描述的過程中，卻也投注了款款的深情，如：「那
兒的山崖都愛凝望，披垂著長藤如髮」、「那兒的草地都善等待，鋪綴
著野花如果盤。」這是他想像情人對自己翹首等待的模樣，雖然沒有
一字一句道及女子的外表，但「披垂著長藤如髮」就帶給了我們無窮
的想像，女子溫柔的形貌與情態躍然紙上。她不是坐在那兒空等待，
而是鋪綴著野花如果盤，等遠方的心上人來了，這滿盤的香花鮮果正
好為他洗塵。這樣的描寫既符合人物的心境和情態，也和自然環境相
結合，美麗又貼切。

　　古繼堂在《臺灣新詩發展史》中提到鄭愁予是「臺灣愛情詩的高手」。情詩之所以感人，不在辭藻的華麗，而是內在的情感動人，能引起讀者的共鳴。鄭愁予的情詩，多是採單方面想像的心理描繪，很少有情人雙雙在一起的纏綿情狀和對話場面；多半是含蓄而深婉，很少有露骨而直接的表白。因為他認為「情詩，應是抒情詩類中更屬於個人親身恣意的作品，……情之一字是詩的形容詞，而這情字必須能真摯懇勵，為愛情的寓意作一番提升。」也因此他的詩更能引起人們內心的感動。

　　在這首詩的最後一段，他則用想像的手法描繪自己：從「如果，我去了，……以我的一生為你點盞燈。」這是多麼深情的告白與許諾，沒有山盟海誓、你濃我濃，也沒有非卿不嫁、非卿不娶的激情吶喊；而是無限深沉的愛意與忠誠，無私的付出與守候。「用一生為你點盞燈」就是最真的承諾，也是這首詩抒情味最濃之處。

二　〈小小的島〉的語言特性

（一）融合古典的時代性

　　鄭愁予擅長寫作抒情詩，能熔古典於現代，以嶄新的語言鑄造鮮活的意象，深受讀者喜愛。這首詩無論其語言或感情，都能在古典光輝的照耀之下迸出現代的火花。

　　楊牧曾說：「愁予是中國的詩人，用良好的中國文字寫作，形象準確，聲籟華美，而且是絕對地現代的。」不但指出了他的語言文字的特色，也是對藝術風格的肯定。他的詩句有文言句法的使用，也有古典的素材。〈小小的島〉就用了古詩中常出現的詞句，如「鬱鬱」、「隱隱」卻不顯得生澀，是愁予語言的一大魅力。

（二）濃郁優美的抒情性

鄭愁予的作品，多以第一人稱的「我」或第二人稱的「你」為視角，用獨白或絮談的方法展示自己內心的衷曲，使人有著真實與親切之感，繼而引發深刻的共鳴。如：「如果，我去了，將帶著我的笛杖，／那時我是牧童而你是小羊。／要不，我去了，我便化做螢火蟲，／以我的一生為你點盞燈。」這樣溫柔的對話，怎麼會不令人感動呢？

（三）自然和諧的音樂性

語言是詩的外在生命，鄭愁予寫詩喜用活潑新鮮的口語，不事雕琢，而有著自然天成的和諧音樂美，婉轉流暢，清麗動人，如：「淺沙上，老是棲息著五色的魚群，小鳥跳響在枝上，如琴鍵的起落。」還有：「雲的幽默與隱隱的雷笑，林叢的舞樂與泠泠的流歌。」中國古典詩歌是最重音樂性的，這一點，鄭愁予倒發揚得非常淋漓盡致。

（四）色彩鮮明的繪畫性

色彩對於詩是非常重要的角色，在古詩詞曲中，有很多著名的詩家，都擅長用色彩來渲染烘托詩歌的情境。如李白的〈子夜歌〉：

> 秦地羅敷女，採桑綠水邊，
> 素手青條上，紅妝白日鮮。

這首詩以桑葉的「青」條，春水的「綠」波，襯托女子的「白」膚與「紅」妝，色彩十分鮮明。

這首詩也是如此：「青青的國度」、「五色的魚群」、「琴鍵的起落」、「鋪綴著野花如果盤」。「陽光是藍的，海風是綠的」、「雲的幽

默」、「林叢的舞樂」，鮮明而繽紛的色彩讓整首詩活絡起來，有綠色的草地和藤蔓，有七彩的魚群、野花，有黑白對比的琴鍵，白雲……。這樣的美景，讓〈小小的島〉就像幅圖畫般，呈現在我們面前。

三　〈小小的島〉的修辭特色

鄭愁予詩的魅力與他精妙的修辭煉字的工夫是息息相關的，他善於選詞煉字，且字字斟酌，十分嚴謹。他曾為了安插詩中的一個字而翻遍辭源，繼而完成一首詩的創作。可知作者對於讀者以及作品負責任的態度。關於此詩的修辭特色，我們分列如下：

（一）譬喻

所謂的譬喻，是「借彼喻此」，通常是「以易知說明難知、以具體形容抽象、以警策彰顯平淡」。

最能表現出鄭愁予的細心與巧思的就是他詩中的譬喻。他的譬喻往往新鮮又恰到好處。如：「小鳥跳響在枝上，如琴鍵的起落。」「如琴鍵的起落」一句將鳥兒玲瓏輕靈的體態立即呈現在我們的眼前。而「披垂著長藤如髮」、「鋪綴著野花如果盤」則鮮明的塑造出翹首盼望的形象，更深刻的襯托出「凝望」與「等待」的意義。

（二）倒裝

在沈謙的《修辭學》一書中曾說：「語意中刻意顛倒文法上、邏輯上普通順序的句子，是為『倒裝』。倒裝可以加強語勢，調和音節，使文章起波瀾。」

在現代詩裡，倒裝句的功能除了可以加強節奏感外，也有加強

「陌生化」的作用,「陌生化」是指在創作中選用不落俗套的、神奇有趣的言語來取代陳腔濫調。如第一句「你住的小小的島我正思念」,未倒裝前應是「我正思念你住的小小的島」,未倒裝之前只是散文式的語言;倒裝後,不但節奏跌宕,語言也因此技巧而變得新鮮、充滿張力。然而這句話在這裡,卻有更深一層的涵意。在本文中,是以第二人稱為主。重點是「你所住的島」而不是「我正思念」,主角在「你」不在「我」,這是感情上的要求,而不僅只是講句法上故作變化,故求新奇而已。

(三)轉化

描述一件事物時,轉變其原來的性質,化成另一種本質截然不同的事物,予以形容敘述的修辭之法,是為轉化,又稱轉品,包括擬人與擬物與形象化。

這首詩中的轉化法,如:「山崖都愛凝望」、「草地都善等待」、「雲的幽默與隱隱的雷笑」、「林叢的舞樂與泠泠的流歌」將靜態的物體改成動態的、將沒有生命之物化為生機蓬勃,詩意橫生,這些擬人化的表現,把人和自然的隔閡都打破,在物我交融中使詩活潑生動、熱鬧有趣。

(四)對偶

將語文中字數相等、語法相似、平仄相對的文句,成雙作對的排列,藉以表達相對或相關意思的修辭方法,就是對偶。

在這首詩裡,各式各樣的對偶重重疊疊的出現,如棲息於淺沙上的魚群對跳響在枝上的小鳥,愛凝望的山崖對善等待的草地,藍的陽光對綠的海風,鬱鬱的健康對徐徐的愛情。呈現了整首詩整齊之美。

四　結論

　　古繼堂的《臺灣新詩發展史》中說：「鄭愁予詩中之情美麗而不柔靡；豪放而不粗俗，看似平常，實則內在深沉，因而很容易引起讀者的共鳴，很容易和讀者的感情產生交流。這種共鳴，這種交流，不似鳥聲悅耳，也不像笛音悠揚，而是有一種播種和植根的效果，撥動著讀者的深部神經，產生一種內在的心靈交響。」

　　〈小小的島〉，無論抒情寫景，都在現代的形象中洋溢著古典的風華，用字凝鍊，結構堅實，節奏清明，音調鏗鏘。透過以上的分析，我們可以得到印證。一首看似簡單的詩句，卻蘊涵如此深刻的內涵與感情，讓人低迴再三，衷心折服。

——選自《國文天地》17卷9期（2002年2月）

鄭愁予詩中的山水

林淑華

一 前言

　　臺灣的地理環境，雖然高地（包括大山與丘陵地）面積佔去了本島的百分之八十以上，而環島四周皆是海，但是有系統狀寫山水的作品卻不多。鄭愁予則是少數為人熟悉寫山水的詩人。因為鄭愁予本身是一個登山專家，攀登過不少臺灣的名山大脈，收錄在洪範版《鄭愁予詩集1》第五輯〈五嶽集〉的二十首詩，是一系列的「寫山詩」，他於詩題下註名南湖大山、大霸尖山、玉山、雪山、大屯山和大武山。另外《寂寞的人坐著看花》中的第六輯，輯名亦叫〈寂寞的人坐著看花〉，收錄了一系列中臺灣、南臺灣與東臺灣的小品，臺灣山水從〈五嶽集〉後又重回他的詩中，谷關、佛山、北回歸線、太魯閣、花蓮成為詩中的主角，從書名：寂寞的人坐著看花，具有靜心遠觀眼前山水世間的意味，由此一系列的描寫可見得山水詩的重要性。

　　在《寂寞的人坐著看花》的後紀中，鄭愁予自我解說：「這本詩集是以『寂寞的人坐著看花』一輯詩為書名，雖有些山水意味，毋庸說是宣示『山水』又將到我的詩中作客，且將是儒道二家的客人，亦將是對抗那『漠視山水者和瀆染山水者』的俠客」，這段話便是鄭愁予宣告山水在他詩中的重要性，以喚起大家的注意。即使在《燕人行》與《雪的可能》裡，也有不少山水詩，只不過，那是屬於「異國

的」山水，鄭愁予所以說山水「又」將到他的詩中作客，無異是暗示他心中所獨鍾的山水，是中國的（包含臺灣），而非西方。

我國古典文學的長河中，山水文學是一個重要的分支，然就現代詩的山水研究卻不如古典文學中引起波濤洶湧，在搜尋資料的過程中，發現少數人注意到現代詩中的山水，而大多是停留在古典山水詩中的界義與研究，而且「山水詩」一詞，不論在東西方都是一個界定未明的文類，還會與鄉土詩、田園詩、地誌詩等等混在一起。但本文重點在於鄭愁予詩中的山水題材與意象，所以涉及到與其他詩類的釐清與範圍劃分，在此則不多加詳述。另外鄭愁予的詩集大部分都在詩題下註明地點，讓人簡單明瞭描寫的地點與詩人的蹤跡，尤其是《寂寞的人坐著看花》更甚於早期作品，這本詩集像是旅遊手札一般，記滿了從美國到大陸到臺灣的蹤跡，幾乎在每首詩中標明了中外各地的地名，從緬因河、老塞布魯河、鱈魚角、華盛頓峰、阿拉斯加、瑞尼耳峰到咸陽、長安、嘉裕關、大戈壁、蘭亭、臺北、華山、巴黎、陽明山、愛荷華等等，皆明白註明在詩集中，可以看出此本詩集收錄了詩人晚年再次重回大陸、臺灣，這種回味山水的情感。

焦桐認為綜觀鄭愁予迄今刊行詩集，《鄭愁予詩集1》（1979）與《寂寞的人坐著看花》（1993）堪稱前後兩座高峰，而以山水為主題或背景的詩作，一直持續在這兩本詩集中量產。因此本文以《鄭愁予詩集》與《寂寞的人坐著看花》為主要分析材料，再參酌其他詩集以作為輔助材料。

二　鄭愁予詩中的山水

鄭愁予酷愛大自然，他詩中的山水，充滿親切的特點，詩中山水的風格為柔婉纖巧、生動自然，雖然鄭愁予早年的山水與晚年的山水

情懷不同，但是天真與活潑的意象則一直是詩人習慣的創意技巧，以下就以內容部分歸納鄭愁予詩中的山水特點。就內容而言，可分為前期與後期，前期具有強烈的赤子情與流浪意識，後期則具有體悟山水的意識：

（一）赤子情

鄭愁予詩中常出現創意的赤子之情的場景與意象，早期的詩篇中，場景意象與氣氛的營造要更勝過情感的呈現，不論他寫南湖大山、大霸尖山、玉山、雪山、或是大屯山，呈現在他筆下的，盡是活潑的童趣與天真，反而少見整個登山過程的辛苦與驚險，這是因為詩人年輕的體能與心情才能如此吧！就鄭愁予詩中的比喻而言，往往是新奇又恰到好處，所使用的意象則是多樣的，因為詩人的創意與巧妙的運用，常常帶給我們另一番不同感覺的聯想。

如〈北峰上〉（節選）

> 而我鄰舍的頑童是太多了
> 星星般地抬走一個黃昏
> 且扶著百合當玉杯
> 而那新釀的露酒是涼死人的

星星般的頑童抬走黃昏，高興迎接夜的到來，夜就成為星星的舞臺了，夜晚生起的霧成為新釀的涼酒，裝在百合花中，星星扶著百合酒杯像是在慶祝著夜的到來，其調皮天真、活潑自然的意趣是不言可喻的。

如〈馬達拉溪谷〉（節選）：

> 扮一群學童那麼奔來

　　那耽於嬉戲的陣雨已玩過桐葉的滑梯了

　　從姊妹峰隙洩的夕輝

　　被疑似馬達拉溪谷含金的流水

　　愛學淘沙的蘆荻們，便忙碌起來

　　便把腰肢彎的更低了

　　「扮一群學童那麼奔來」表示詩人快樂天真的心情，恣意的奔向、徜徉在大自然的胸懷中，剛下過雨的山，詩人卻以天真的想法聯想陣雨是愛嬉戲的兒童，剛剛耽於溜桐葉的滑梯而忘了回家，處處顯得生意盎然與活潑樂趣。夕輝像溪中含金的流水，而蘆荻們則因為好玩，愛學別人淘沙，便有模有樣的學起彎腰來了，這裡「學童」、「嬉戲的陣雨」、「愛學淘沙的蘆荻」形成一群活潑的人物，與「夕輝」、「黃昏」、「沙金」、「流水」結合成淘金時和諧、活潑、柔和的景象，這一連串用語，皆可感受詩人的童稚趣味。另外如〈鹿場大山〉寫登山隊伍曲折穿行在密林裡，描寫山林景色時以生命化的比擬方式，將竹椏、森林比擬成孩子一般。

　　許多竹　許多藍孩子的椏

　　擠瘦了鹿場大山的脊

　　坐著吃路的森林

　　在崖谷吐著雷聲

　　我們踩路來便被吞沒了

　　便隨雷那麼懵懂的地走出

　　正是雲霧像海的地方（節選）

　　這裡的：「擠瘦」、「坐著吃路」、「吐著雷聲」、「吞沒」等動詞，很擬人化的寫活了自然的靜態場景，充滿「孩子」般的童真，整座山

便是孩子的動作，竹槎會像小孩一樣相擁擠，森林會坐著吃、會吐聲、會吞路。

其他如〈小小的島〉：「你住的小小的島我正思念／那而屬於熱帶，屬於青青的國度／淺沙上，老是棲息著五色的魚群／小島跳響在枝上，如琴鍵的起落」也像是一個夢幻的天真活潑的場景，如〈雨季的雲〉：「萬線的風箏，被港外的青山牽住了」把雲比如風箏，而青山成為放風箏的兒童；作者赤子的童真，令人感覺可愛與溫馨。

（二）流浪意識

鄭愁予說：「人時常處於漂流狀態，人在異地帶著探險的心和一種尋幽訪勝追求美的意念，充滿了無限開拓的可能性，這是一種突破空間的企圖；另外，人在異鄉、身處異地總不可免的充滿懷舊、鄉思，這則是突破時間企圖，古代詩人的作品多數是在異地完成的，所以漂泊之域總不以為是絕地。人類因為渴望突破時間、空間的侷限，所以採取了行動，也就是流浪。行旅中一切的感受復甦且敏銳，更適宜寫作。」這是鄭愁予被迫於流浪，於是由突破時空侷限的觀點化解流浪的無奈，找到寬慰的方法。早期鄭愁予的流浪意識多以「水」的形象構成。

水是萬物之源。水是農業的命脈。管子說：「水者，何也？萬物之本源，諸生之宗室也。」可說人的生命須臾不可缺水。中國崇拜水的最原始最基本的公利性目的有兩個：祈求適時、適量的雨水，使農作物茁壯生長，以獲得五穀豐收；其二，祈求人類自身的繁衍。這與先民相信水生人、生萬物的觀念有關。水撫育人民是由來已久，所以水的意象便讓人容易聯想到家鄉的情感，讓人想到母親的哺育。水的象徵也同樣具有其循環的節奏：從下雨到泉水，從泉水到河流，從河流到江海或冬天的大雪，然後終而復始。自然萬物可終而復始，人的

有限生命卻不能循環不斷，也就容易懷念過去的家鄉時光，孔子說：
「逝者如斯夫，不舍晝夜。」孟子說：「源泉混混不舍晝夜，盈科而
後進，放乎四海，有本者如是，是之取爾。」因此水對異鄉遊子有歲
月流逝的消逝感。在異地的水又有可能是流過家鄉的地方，因此在遠
方流浪的人，賭物思情，容易興起家鄉的回憶，而水的流動性又象徵
著流浪者的心情，於是他們對水有深深的感情，也就容易對雨、泉、
河、海有較深的感觸。流浪者也喜歡在港口遠望，因為地球上的水連
接著各大洲，所以遠望海具有遠望家鄉的憑藉。這些對水而興起的鄉
愁在鄭愁予詩中，尤其是早期的山水中，有一番的詮釋。如：

〈老水手〉一段：

對著這細雨的黃昏

靜靜的城角

兩排榕樹掩映下的小街道

你不懂

但你很熟悉

你翻起所有的記憶

也許突然記起

兒時故鄉的雨季吧

唉……

故鄉的雨季

你底心也潤溼了

我猜想

這一首詩則是因為異鄉的黃昏雨，觸景傷情而憶起兒時故鄉的雨
季，由雨作為連接兩個不同的場景，遊子漂泊他鄉在低迴淒涼的雨
中，興起兒時的故鄉情景。同時水具有時間的消逝感，流浪者突然憶

起已經離家許久了，只有雨還循環在許多的場景中，更加讓流浪者流連於回憶的感傷中。

如〈夜語〉則寫夜晚徘徊在港邊，回憶起故鄉的點滴：

> 這時，我們的港真的已靜了。當風和燈
> 當輕愁和往事就像小小的潮的時候
> 你必愛靜靜地走過，就像我這樣靜靜的
> 走過，這有個美麗彎度的十四號碼頭（節選）

走在港邊，小小的潮，引起了詩人輕輕的回憶往事，回憶到曾經與詩人共同去港灣的他（她），臆測也許他（她）也像詩人一樣，愛靜靜的慢慢順著港灣碼頭的彎度看海，一邊回憶。也許他們現在待在不同地方的碼頭，但看著海浪的潮來潮往，便可以一起回憶他們共同生活美麗的點點滴滴。

又海具有廣大無定的特性，所以容易具有空間的漂泊感，如〈船長的獨步〉一段則寫在海上漂泊的思鄉船長：

> 一九五三，八月十五，基隆港的日記
> 熱帶的海面如鏡如冰
> 若非夜鳥翅聲的驚醒
> 船長，你必向北方的故鄉滑去……

這首詩便是寫船長在中秋夜的海上，望著海望著北方，突然想起北方的家，於是夢想這就平滑的海面滑去，但現實的鳥翅聲卻硬生生驚醒了這個夢，使得一切鄉愁更加落寞，連夢也不得回鄉了。在海上的航行者，有空間的漂泊感，最容易醞釀出濃濃的鄉愁，鄭愁予則是擅用此類場景的能手，早期因為他描寫流浪的漂泊作品太多，所以被認為隱含著瀟灑的、不羈的以及不回歸的「浪子意識」。但是漂泊太

久了，便具有反抗的心態，詩人寧願像山一樣凝固。可在下面這樣的
句子中見到〈山外書〉：「我是來自海上的人／山是凝固的波浪／（不
再相信海的消息）／我底歸心／不再湧動」「海」在此詩中象徵漂
泊、流浪，而「山」便是象徵棲止、安定，流浪久了，便渴望不再變
動，可以感受到詩人的無奈嘆息。

（三）儒道山水

　　鄭愁予說「有山的地方，即會有水，我不會因為山美，山險去登
山，而是有某種哲學的意義……登山，不免和克服稜線的高峰有關。
山的本身卻是不被克服的。」這一段話正是具有儒家的精進生命的抱
負。山，包容萬物，神祕莫測，引人崇拜。《韓詩外傳》說：「山者，
萬人之所以瞻仰。草木生焉，萬物殖焉，飛鳥殖焉，走獸伏焉。」
《禮記》說：「夫山，一拳石之多及其廣大，草木生之，禽獸居之，
寶藏興焉。」所以登山則有進入萬人瞻仰的境界，以及進入山的包容
境地，而山又有穩重、雄偉、崇高的感覺，所以在山裡有平靜的安定
感，而山又是最接近天，更能因登山而感受超脫的天道。晚期鄭愁予
詩中即有物化山水中、天人合一的傾向。

　　登覽詩的思想線索可由儒家的心態來解釋。《孟子・盡心》載：
「孔子登東山而小魯，登泰山而小天下」所表現的心態，是具有向上
伸張的精神欲求，是孔子遠大抱負、精進生命的一種象徵。由較小的
精神空間，伸張為較大的精神空間，這種無限向上伸展的精神，正是
古代登覽詩中表現出來的抒情型態。杜甫的〈望嶽〉「會當凌絕頂，
一覽眾山小」包蘊的也是儒家一生致君堯舜，生命不息、理想不滅的
強大精神，藉空間的張勢以提升人的精神向上性。

　　而另一支登覽詩的思想線索，即是道家精神，道家思想以「自
由」為中心，藉空間的拓闊，以抒發人的個體自由感。道家山水詩的

空間意味，多半由痛苦的心靈轉出，尋求精神自由與解放的痛苦掙扎的體現，乃至於是以自然的方式去看待自然的心態，這是對儒家觀物心態的一種轉換。道家認為人是自然的一部分，人放棄了自我本位，化入自然，像自然一樣生活，一樣存在，以獲得最自在最空靈的一種生命型態。鄭愁予晚年的詩在描寫登頂上則是在具有儒家式的積健精神，層層尋求向上提昇的境界，在達成最終最極致的一剎那，則是選擇具有道家精神，縱浪大化中，勘破人的主位，進入時間與空間的最高境界的逍遙，甚至看透人生終極的背後，認為詠懷整個天地的人，其實是登峰的物化為自然的時後，具有脫離紛爭塵世的思想。這無疑是詩人經歷起時間洗滌後感悟的人生觀。

　　鄭愁予的作品中甚至是具有以死亡來體認或認同這個世界的山水，成為無我的最高境界。積極性的說法即是物化山水中，成為自然的一部分，以有限的身軀化為無限的山水中，永恆存在大自然中；消極性的說法就是看透世間紅塵的煩擾，而登入世間最純淨的山水中，拋棄身軀，莊嚴的死亡，於大自然的流行中來解脫。這兩種態度在鄭愁予詩中是交雜著的。從耿占春曾提到的一段話來理解鄭愁予偏向死亡的原因：「我們試圖沿著這條古老的路徑，以其接近語言與詩的源頭，在創世神話裡我們看到，一個巨人垂死而化身成世界：他的眼睛變成了日月，呼吸變成了風，他的肌肉變成了田土，他的毛髮變成了草木……這個神話的意義在於……人在創世之初用其肉體來為世界命名。他以『體認』或體驗的方式直接認同於世界。他的機體感官對他進入世界是一個入口。神秘的肉體是一種語言。在『化身中』，肉體的這一意義被展示出來。肉體已成大地。人以符號的方式即是以『體識』與體驗的方式把世界據為己有，把『自身』變成世界。」也許鄭愁予看透了許多事，便以機體感官，用體認或體驗的方式，走出紅塵世界而化身進入自然山水，回到原始的生存。

　　「山水詩一直是鄭愁予詩風中一個很重要的主題，早年鄭愁予是一個登山專家……然而，那畢竟是『少年式的愁予』，觀照自然的方式多少帶著『戲耍』的心情，因而，呈現出來的詩風會比較『天真』、『誠摯』而充滿童趣。多年以後，愁予以一個去國多年的漂泊者的身分再次踏上這塊他日夜思念的土地，他重新『俯瞰』這當年征服過的大山大水，心情想必是另一番風景的。」，蕭蕭說「鄭愁予的筆觸，既有塞北江南的寓意，也有海外異域的采風，更有臺灣鄉土的情懷，而他眷愛的好山好水，一直都悠遊於作者廣大浩瀚的心室，詩人是通過書寫小我之情，捕捉大我之情，而進入無我之情的至高境界」，尤其晚期在《寂寞的人坐著看花》這本詩集中，鄭愁予詩中透顯出他追求一種精神與肉體的自由，更是表現出這種與山水天地融合的無我之境。

　　如〈大風中登頂白山主峰華盛頓〉：

　　「此彈丸之頂　常有地球上最疾狂之風勢」
　　如果此話果然　風速四○○哩
　　就乘此際　攜酒登臨吧

　　散髮
　　敞懷
　　把左鞋踢入風中
　　再把右鞋踢入
　　解除了命中的禁役
　　任君自由翻身去吧

　　第一杯自飲
　　第二杯酹天地

第三杯仍是：自飲

而甫一張口　列齒因風摯而側立

圓顱因髮脫而盡赤

衣衫裂若漂絲

肌膚起伏

肋脊交疊

骨節嘎嘎如久置的風車

驟然間掣動

　　　　　四肢　如磨

　　　　　臟腑　如齏

罡風穿越軀體

翻囊洗穴

終於我透明起來了

感覺日光自飛雲中沁出

也沁過我的形骸

我知道我選擇的時辰

到了　一生登峰攀折

這造極的頃刻

到了　水分氣化了

　　　　神經電化了

在空無的大化中

只留一片人形的花痕

印在

山石上

這首詩描寫登山風疾狂之山頂，而因乘此風脫離形體肉體的羈

絆，化入造極峰頂的長空中，當詩人完全委託於山水的本性時，詩人的性靈融入其間，與宇宙構成一個深切的同情交流，形成「無我之境」的生命，而與自然完全同化了。此彈丸之地有地球上最疾狂之風，如果此話果然，就乘此際攜酒登臨，具有儒家性質的挑戰精神，然而詩人欲去狂極山頂的用意其實更是為了要解脫自身的禁役，在狂任放蕩的豪情下與天地間最痛快的山巔中，把自身都打開了，「散髮、敞懷、踢鞋、飲酒」在風的極速溶解中，「列齒因風擎而側立、圓顱因髮脫而盡赤、衣衫裂若漂絲、肌膚起伏、肋脊交疊、骨節嘎嘎」最後「四肢、臟腑」變成肢解，而透明起來了，最後連身體最基本的元素「水分、神經」都化為大氣中一部分。這層層的剝離物質身軀，然而詩人是愉快的，「我知道我選擇的時辰到了／一生登峰攀折／這造極的頃刻」，詩人放棄自我本位生命的一切，然而其自然生命卻因此自在湧現在天地山水中，獲得最自在、最空靈的一種生命型態。「山石上的一片人形花痕」則是最後留下死亡物化的痕跡，成為歷史的一部分。

如〈深山旅邸１〉：

> 這樣純木的危樓　以其樸中
>
> 有華的架構　微顯
>
> 生靈的習性　我推門探望
>
> 山霧濕眉淘耳
>
> 忽而　身已危立在
>
> 樓邊高大的山松上
>
> 用雙手捧起一枚
>
> 松果　而不果腹
>
> 投宿於霧的生靈

　　呼吸便是雲霧

　　身體已是松鼠

　　我的習性連我自己

　　亦無需知道

　　這一首詩亦是層層推進，由自我而追尋無我之境。鏡頭由山中純木的危樓到推門探望外面，忽而眼中的高大的山松已在我的腳底下，投宿松果於霧的時刻，身體又變為松鼠，最後我本是自然萬物一切，以物觀物，何需有我之性，這層層的發現與解悟，藉著身體自由的變化與鏡頭移動，可以說是一種人精神的向上提升。王國維在《人間詞話》中說：「有我之境，以我觀物，故物皆我之色彩；無我之境，以物觀物，故不知何者為我，何者為物。」詩中表現的就是由「有我之境」至莊子說的「游於物」的無我之境，無掛無礙的至人之境。「危樓」、「危立」則建構出這地方的高峰巔頂與雲霧仙境，而山下則是人與人生存鬥爭的滾滾紅塵，詩人用「推」、「望」、「投」等字眼，暗示詩人自我本位的捨棄，以霧「濕眉淘耳」、「呼雲吸霧，不需果腹」等，暗示詩人經雲霧洗滌後，心神清靈自在，已融合存在於這自然萬物中的呼吸中，所以無須己身。

　　其他如：〈秋聲──華山輯之三，登頂一刹〉（節選）：

　　入山　我是山人

　　進洞　便成仙

　　登頂　又使我成為虛無的中間代

　　這首詩也是層遞寫山人成仙、再成虛無天地間的一部分，儒家式自強不息的精神透出登頂的毅力，但，成仙成虛無的中間代似乎是稚著落寞的味道，也許是詩人晚年後看透視世間的一切，而選擇心靈的

解脫與自由。再如〈夜雨〉:「草窪泛成淺塘／蓬帳斜檠如蓮葉／上蒼賜來大貝湖的夜雨／我們乃還魂為熱帶魚／且帶蓮葉的東南西北／盡情遊戲」這則是寫成物化成魚,在水中自由自在的遊玩,充滿莊子的觀物心態,惠施問的「子非魚,安知魚之樂?」在這裡完全不是問題,因為這裡把人的視野,轉成自然本身的視界,反而更感受到詩人的快樂。其他〈清明〉中的詩句:「我醉著,靜的夜,流於我體內／容我掩耳之際,那奧密在我體內迴響／有花香,沁出我的肌膚／……許多許多眸子,在我的髮上流瞬／我要回歸,梳理滿身的植物／我已回歸,我本是仰臥的青山一列」皆是詩人欲走入自然、融入自然的明證。又如〈探險者〉:「啊,這兒的山,高聳,溫柔。／樂於賜與,／這兒的山,像女性的胸脯,／駐永恆的信心於一個奇蹟,／我們睡著,美」。〈在鬢邊〉:「只有今夕／在月下以雄峙的影/介入耳語之後得入道／夕聞道在鬢邊／朝死可矣」,體認自然之道後,則死亡不再可惜。

晚期的鄭愁予看透了許多事,有些不再強求了,例如他已了悟人生就是流浪的,所謂岸可能是另一條船舷,因為沒有岸邊,所以處處可以為岸,處處可以安定,已經沒有早期如水流動般鄉愁的味道了。如〈在渡中〉(節選):

> 旅人終要
> 試著自己登岸
> 而所謂岸是另一條船舷
> 天海終是無渡
> 這些情節
> 序曲早就演奏過

他的眼界也因為看透了許多的事,而變簡單了,如〈寂寞的人坐著看花〉這一首詩所言:「擁懷天地的人／有簡單的寂寞……谷圈雲

壤如初耕的園圃／坐看峰巒盡是花／則整列的中央山脈／是粗枝大葉的」寂寞的人坐著看花，是在一片淳淨、禪定、沉澱後才能看透天地機趣，什麼是花呢？一位矜持坐姿、擁懷天地的人，胸中自有丘壑，合歡山陵線上的雪花，立霧溪口的花蓮，都是他丘壑中的一景，極目騁懷，何處不是花呢？這就是詩人的胸臆所在，他不是用「眼」觀，而是用「心」看。

在《寂寞的人坐著看花》的後序中，他說「……我（鄭愁予）在『北回歸線』詩中有一句：『好山好水是一切的詮釋』。山水有其抽象性，其與人性中的真實面，恰是正反之合，形成涵泳天機的象徵體。然而也是「正反的矛盾」，山水本身即是時間與空間的消長，使人產生愛與懼以及無可奈何的悵惘，『擁懷天地的人有簡單的寂寞』，當人類洞悉其在生存中鬥爭的境況，簡單的寂寞不就是死亡的領悟？那麼所有的界說在移情之外，如何脫得出這山水詮釋？」山水是固體與液體兩種不相合的物體，一是柔，一是剛，然而山生水，水堆洲成山，山水造就山舒服的自然天地，這原本就有山水自己的自然的法則，只因人有性情與愛懼，才會有與山水之情相合與矛盾的地方產生，人們對山的安定、包容，水的清澈、柔軟特別喜歡；然而卻不喜歡山的景物改變、造成空間的移動，也不喜歡水的流動、造成時間的消逝。人們成為在山水中追求生存的勝利，然而物生物死永遠是人類贏不了的主題，當詩人看透了山水一切自然萬物的自然秩序時，他便輕鬆游走於一切山水中，不再爭時間的停留，空間的靜止了，也明白了人類最終極的自然秩序便是物化死亡，成為山水的一部分。「對大自然的觀照，現代的愁予（《寂寞的人坐著看花》）竟然是獲致『對死亡的領悟』，無論這算可不可思議，可以肯定的是，他絕對不同於少年愁予的『觀自然』的心境」，所以鄭愁予後期的詩具有人與天地山水合一甚至死亡的現象，而且也具有道家禪境的意味，表現了他超脫開悟生

死的豪邁之性。

三 結論

　　鄭愁予詩中山水的具有生動自然的特點，他擅長將無情的山水賦予生動的生命，除了以擬人化寫活了山水之外，詩人猶有源源不斷的童真赤子情，描寫的情境與山水主角，具有頑皮的、可愛的天真情懷，在詩人晚期傾向以死亡體認山水、帶有超越的「現實」的同時，我們仍可發現詩人自然的童稚心情，天真自然與體悟生命在鄭愁予詩人的生涯中仍然隱隱巧妙的組合。

　　鄭愁予筆下的水有多變漂流的不確定感，詩人多藉著山水景物描寫鄉愁的滋味。孤獨流浪的鄉愁是他早期的特色，水、雨、海、港口便成為代表家鄉的憑藉物，可代表他早期的動感的、躍躍出發的意識。因為鄭愁予在中學年紀時就離開家鄉而被迫於流浪，於是詩人多流浪意識，在流浪意識充滿全詩時，詩人企圖以突破時間、空間的侷限，化解流浪的無奈。

　　而鄭愁予筆下的山具有固定的不再漂移，屬於家的感覺，他藉著山水景物描寫他晚期所悟得解脫的自由，在山中他可以進一步由登山的快樂描寫到尋求人生積極的最終自由，因為他把重心放在可以立步往天、往世界自然去提升的山巔中，於是由他眼界所看到的一切都可以因此變得簡單，變得輕鬆。甚至更積極的說，他晚期的詩中具有以物化死亡來體悟山水之道的意識，機體感官成為他進入世界、得自然真道的一個入口，無我之境終致是經過死亡之後來禪悟，來直接認同於山水世界。

——選自《中國語文》93卷6期（2003年12月）

當那魅誘蠱惑如此巨大如此逼臨自身
——鄭愁予〈邊界酒店〉評析

施靜宜

一　前言：解構鄉愁——以題材類型論詩的反思

　　鄭愁予的〈邊界酒店〉是一膾炙人口的名詩，尤其是詩中的「多想跨出去，一步即成鄉愁／那美麗的鄉愁，伸手可觸及」更是愛詩者所津津傳誦的名句。一般評論者喜以題材類型作為切入點來陳述個人的見解，像這樣的一首詩是極容易被貼上「鄉愁」此一類型標籤的，尤其當詩中出現這樣的字眼，似乎更名正言順了。然而一旦被貼上了「鄉愁」的類型標籤，極容易讓人落入對詩人個人生平背景的考察之中，去尋覓讓詩產生的現實時空，易言之，當我們解讀詩作時，便變得相當依賴對詩人之創作條件及時空背景的理解，如此一來，即背離了文學之為文學的本質[1]。另一方面，也因這種分類方式，並以之作

---

[1] 考察作品產生的現實時空，乍看彷彿能重現詩人創作當下的生命情境，殊不知，這僅僅是一種幻覺，詩人心靈的複雜層次，深受自身內、外在條件的交互作用，因此很難以外在客觀可考證的生平紀事來對詩人的情感與心靈指證歷歷。頂多外在客觀的背景資料只能是一種引導，有助於了解，卻是與欣賞的本質無關。更何況，若將作品落實在詩人某種現實時空的反應之下，反而對讀者的意義遞減，讀者只能去理解詩人在特殊時空下的生命體驗，而無法讀出詩人投射於作品之外更廣延的可容納讀者以想像力自由去填補的普遍性意涵。參見廖炳惠：〈嚮往、放逐、匱缺〉，《解構批評論集》（臺北市：東大圖畫公司，1885 年 9 月）。

為進入詩歌之前的成見，以致在概念先行的前提下，我們對作品的理解只能環繞在「鄉愁」此一既知的母題上打轉。至於透過讀者主體投射，以致語言不斷分歧延展的豐富性硬是給裁刪了，吾人遂無緣直接領受藝術作品的肉身（以詩歌而言，詩歌的肉身就是語言文字的表達）對吾人情感的真實挑動與衝擊。本文鑒此，寧捨諸多背景的引導，而以撫摩詩歌肉身的方式，試圖透過精讀來掌握文字肌理，觀照其美感形式，進而直逼詩意之所由發。

當我們經由詩人的私密經驗所引爆的詩意，引領我們更貼近人類情感的普遍性——那廣大、集體的人類經驗之洋時，或許我們將有感於詩中之豐富層次，而恍然領會這豈是「鄉愁」一語所能盡括？本文不以「鄉愁」來說解該詩，是不願落入以詩人個人身世背景解詩的傳統模式，因為如此一來，可想見的，作品就只能是封閉在詩人個人的意義體系內——亦即曾經遭遇鄉愁之苦的生命際遇裡，而無法對其他無類似體驗的讀者產生共鳴的意義。然一個清楚無比的事實是——從來優秀的文學作品就是開放而獨立於作者之外的，它是它自身的最佳見證。因此，此處的「鄉愁」不一定要真有所指涉，它可以是一個「空物」（no-thing），它的廣延度，足以容納不同生命背景的讀者自由移情其中，豐富詩作的意涵[2]。如此一來，一個指涉現實生命際遇的特殊的「鄉愁」意涵已被解構，取而代之的是一個更廣泛，對多數人而言，更具有普遍意義的「鄉愁」。

以下為了分析之便，將原詩中之心境的轉折分成五個段落，各立標題，分別闡述。

〈邊界酒店〉
秋天的疆土，分界在同一個夕陽下（一）

2　同前註。

接壤處，默立些黃菊花

而他打遠道來，清醒著喝酒（二）

窗外是異國

多想跨出去，一步即成鄉愁（三）

那美麗的鄉愁，伸手可觸及

或者，就飲醉了也好（四）

（他是熱心的納稅人）

或者，將歌聲吐出（五）

便不祗是立著像那雛菊

祗憑邊界立著

二 自然與人為對峙的張力

首句「秋天的疆土，分界在同一個夕陽下」所呈現出來的是一個遼闊的遠景。從首句與詩題「邊界酒店」的關係，可以得知這是詩人坐在邊界酒店裡從窗口看出去的景緻：舉目一望無際的大地，籠罩在秋日的夕照之下。乍看之下，這是一幅靜謐的秋意風情畫，然若細細留意詩中的每個構成元素，亦即文字與文字間情意的流轉，將發現這畫面本身並不平靜，從「分界」一詞的出現，到對「同一個」夕陽的強調，可看出情境本身即蘊含詩人主觀的情感濕度。吾人可在不影響文意的情形下，試著把詩句減省成「秋天的疆土，分界在夕陽下」如何？或者又進一步減省成「秋天的疆土，在夕陽下」如何？於是不難明瞭，就在詩人的用字遣詞中，在對「分界」與「同一個」夕陽的強調中，可讀出一種自然與人為對峙的張力靜靜地在畫面上呈現出——

同處在大自然一個夕陽的籠罩之下，大地卻因人為的因素而分裂為不同的國度。

「接壤處，默立些黃菊花」，此句乃承首句的「分界」之思而來。從首句遼闊的遠景一下子拉近至那條人為畫分的界線，以極大的特寫鏡頭錄下邊界接壤處的黃菊花，暗示出詩人對此一界線的情感態度。黃菊花自然是最能代表、象徵秋意的產物，只是詩人在首句已明白點出秋意，因此在此不可單純地視作烘托點染氛圍而已；況且這裡黃菊花的姿態、表情是靜肅的「默立」，這直截讓人聯想到中國人對黃菊花最普遍而直接的聯想就是悼亡，「默立」著的黃菊花所透顯出來的哀悼之思，不啻意味著詩人的意識正深深為這種人為畫分的邊界所穿透。

再進一步從整體的氛圍來看，所謂的「秋天」與「夕陽」，這種盛夏過後的蕭條零落與一天將盡的傍晚氣息，季節轉變與時間推移所予人心理上的悵惘與失落，實在都暗合了詩人所欲寫照的主題——邊界。再就詩中所著墨的色彩來看，秋天所吹的金風與夕陽的昏黃，再加上邊界立著的黃菊花，一派繽紛黃色系淋漓潑灑而出。一般而言，黃色帶給人的是溫暖、豐碩的滿足感，然在詩人特殊感覺的作用下，這揉雜多種層次的黃，竟帶出了一種魘般、憂鬱的、流連徘徊不去的心理沉滯感。

三　「他」的出現

一直要到「他」的出現才打破這種靜默沉滯的心理狀態，論者向來不曾提及詩裡「他」的出現對於全詩的作用[3]。事實上，一個輕輕

3　一般而言，論者多順理成章地認為「他」就是詩人以第三人稱方式的自稱。然筆者

的轉折語「而」帶出「他打遠道來」，給上一段的沉悶帶來衝擊，亦即挑起全詩戲劇性的大樑。倘這個意外衝進詩境的「他」沒有講好甚至忽略、囫圇帶過，整首詩對讀者而言便不可解了。這個「他」一定是跟詩中主角的「我」相對的，但何以詩中沒有出現一個「我」呢？筆者以為此乃詩人直截以內心狀況出之，整首詩根本是一齣詩人的內心劇，一種內心動態的展演，而非現實生活的交際，這個「他」，詩人完全是以一個觀察者的立場來打量的。讓我們回到詩句本身，「而他打遠道來，清醒著喝酒／窗外是異國」，「他」是誰？究竟有何魅力讓我們的詩人自沉悶昏心境一躍，將注意力放在這個陌生人身上？我們的詩人又是被什麼直覺性的東西打動了？詩人注意到他打遠道來，一定是看到他風塵僕僕，一副不修邊幅，一身衣衫襤褸的樣子，可卻是「清醒著喝酒」，我想，詩人一定是被那份精神矍碩的神情所觸動，深深被吸引住了，他的一舉手一投足皆散發著一股異國的新鮮氣息，「窗外是異國」，詩人難道不知道嗎？在首段詩人不還正為那人為的邊界哀感著？不過，現在已經不一樣了，經過那遠方來的異鄉客刺激之後就完全不同了，「窗外是異國」，現在充滿了新鮮蓬勃的蠱惑力量，一下子將我們的想像藍圖擴張到一望無際的疆域。

四　當那魅誘蠱惑如此巨大如此逼臨自身

「多想跨出去，一步即成鄉愁／那美麗的鄉愁，伸手可觸及」這一段充分表達了詩人內心的蠢動與掙扎，這一份心緒的騷動無疑是來自「他」這一位異鄉客的觸動，引發了詩人對異鄉的憧憬以及對原有

以為若認為「他」即是詩人本身，則無法順暢解讀全文的脈絡，故以為「他」的出現，是相較於詩人本身的「我」。

事物的厭離。當異國僅是一步之隔，那魅誘蠱惑如此巨大如此逼臨自身，「多想跨出去」，這個「想」字幾乎叫人頭皮發麻，可譽之為詩眼了。詩人的理智當然十分清楚地知道「一步即成鄉愁」的份量與代價，卻不可遏抑地將響往的魂神的觸手伸了出去，至此，我們的心弦被拉得高高的，我們全副的心神與注意力被攫抓住了，詩人面對這爆炸性的誘惑會做出驚人的決斷之舉嗎？亦或困陷在兩難抉擇的衝突裡？葉維廉曾說過這兩句是一個好的自身具足的意象，

> 事實上，就可看成是一首自給自足的詩。它之所以是自給自足，因為它是承載著整個情境的力量。[4]

誠哉斯言，這種承載的力量，除了將一首詩之情境的張力發揮到極致之外；另一方面，它之能獨立於一首詩之外而具有自給自足的完整性，無非是它一針見血地點出了人類情感的普遍性，適足引起我們內心深處的共鳴[5]。在我們隱祕不宣的生命歷程裡，多少個必須抉擇的臨界點向我們迎面呼嘯而來，而那個想要拋棄一切顧忌、束縛、包袱之追求自由的意願與存在我們生命底層那個根部的牽絆正不時拉扯、試驗著我們的心。

五 他是熱心的納稅人

> 「或者，就飲醉了也好／（他是熱心的納稅人）」

---

4 葉維廉：〈中國現代詩的語言問題〉，《秩序的生長》（臺北市：時報文化，1986 年 5月），頁 227。

5 類似的例子有屈原在《九歌·少司命》中的千古名句：「悲莫悲兮生別離，樂莫樂兮新相知」，這兩句千古名句，自成一自給自足的完整性，而躍出原詩的架構脈絡底下。

　　面對那愈漩愈深的掙扎風暴，詩人採取了兩種處理的方式，由末兩段的「或者……」所帶出的。其一是詩人不願陷進這種內在的焦慮與衝突，寧願醉酒，於是詩人一廂情願地臆想「他」是「熱心的納稅人」，為什麼說他是熱心的納稅人？究竟有哪一種人是熱心的納稅人？筆者以為，這「熱心的納稅人」正暗示了一種對國籍、土地的強烈歸屬感，也唯有漂泊不定、無家國可歸的流浪漢才會有這種熱切的渴望。但說穿了，這不外是詩人對於自身之苦悶無法排遣，對異鄉客所做的某種自我平衡的幽默臆測，意思大抵是我嚮往你一身自由輕便沒有束縛羈絆，搞不好你正羨慕我這沉重卻甜蜜的負荷呢！

六　將歌聲吐出的詩人

　　　　或者，將歌聲吐出／便不祇是立著像那雛菊／祇憑邊界立著

　　其二是發言為詩，詩人欲藉詩歌吟詠之抒情遣懷的藝術力量，凌空升騰在一己徬徨猶豫、對生命無法作出抉擇之存在性的悲劇之上。就此一層次言，明顯是比其一的「或者……」更勝一籌的，其一固然是一種排解自身心理困境的方式，卻難脫麻木自己與合理化之嫌。其二的發發言為詩，則是一種全然浸潤在自身存在困境的悲感上，成了一種純粹的默觀與體會，藝術的力量由此生發，體現著悲哀，然又超乎其上。「便不祇是立著像那雛菊／祇憑邊界立著」，這裡的「雛菊」明顯就是指第一段那立在邊界接壤處的「黃菊花」，二者都可解讀成詩人心境的象徵，只是經歷了一番心境的翻轉，傳達出詩人心靈視野的加大拉遠，使原先特寫鏡頭的黃菊花變成不起眼的雛菊。再者，我們由「不祇」一詞的連用看到了昇華過後的藝術心靈涵容悲哀、超越悲哀之統合力量，即遠遠凌駕心境（一）之沉滯、靜默的心理狀態。

七　結論

　　歐文・亞隆（Irvin D. Yalom）在《存在心理治療》一書中曾提及
「決定是一種邊界經驗」[6]。這句話在讀過鄭愁予的《邊界酒店》後
格外發人深省，一個異鄉客的出現，只是誘引出原本就潛藏在詩人內
心深處想逸離原有境遇的熱切渴望。也許詩人已不是第一次處在生命
抉擇的邊界上，他可能早已放棄過許許多多「個體實現的潛能與可能
性」[7]，因而會有「接壤處，默立些黃菊花」，這種隱隱象徵著為自己
曾經放棄過而死亡的每一個可能性的哀悼。

　　閱讀本詩最大的收穫，不在揣測任何可能的現實指涉，毋寧說詩
人提供了一個情境，旨在喚起吾人生命歷程中某些類似的心路歷程以
供審視。在王國維《人間詞話》所提出「人生三境」的第一境裡：
「昨夜西風凋碧樹，獨上高樓，望盡天涯路」，然即便望盡了天涯
路，「抉擇」並具體走入自己的生命大道，仍是一個人存在最根深柢
固且無可逃脫的考驗，並在無所知、無可比較的情況下，須獨力承擔
後果。對我們來說，詩人究係為了什麼必須做出抉擇，又或者詩人是
否做出了抉擇，不是我們關注的重點所在，重要的是——我們都曾經
有過那樣的邊界經驗，都曾經歷過如此巨大、如此逼臨自身的魅透蠱

6　歐文・亞隆（Irvin D. Yalom, 1931- ）著，易之新譯：《存在心理治療》（臺北市：張
　　老師文化，2003 年 10 月），頁 444。

7　〔美〕存在主義心理學家羅洛・梅（Rollo R. May, 1909-1994）對抉擇的焦慮有如
　　下的見解：「當個體試圖實現其潛能或可能性時，他往往面臨著前進和倒退的雙重
　　選擇。前進即可運用其潛能實現個體的存在，但這樣做，又會對個體當前的安全造
　　成威脅。而倒退雖然獲得了暫時的安全，但卻逃避了責任，阻礙了潛能的實現，走
　　向了非存在。」見楊韶剛：《尋找存在的真諦》（臺北市：貓頭鷹出版社，2001 年 1
　　月），頁 126。

惑，還有那伸手可觸及的美麗鄉愁。就在乘著詩人羽翼，沉吟在詩意感動興發的共鳴中，我們回到自身的經驗之初。

——選自《笠》245期（2005年2月）

淺析鄭愁予〈情婦〉

盧詩青

一　前言

　　〈情婦〉

　　在一青石的小城，住著我的情婦

　　而我什麼也不留給她

　　祇有一畦金線菊，和一個高高的窗口

　　或許，透一點長空的寂寥進來

　　或許……而金線菊是善等待的

　　我想，寂寥與等待，對婦人是好的。

　　所以，我去，總穿一襲藍衫子

　　我要她感覺，那是季節，或

　　候鳥的來臨

　　因我不是常常回家的那種人[1]

　　這首〈情婦〉寫於一九五七年，收錄於鄭愁予詩集 I。此時期鄭愁予單身生活的多樣性反映於詩中的絢麗節奏感，暗喻的手法使詩歌

1　鄭愁予：〈知風草〉，收入《鄭愁予詩集 I（一九五一──一九六八）》（臺北市：洪範書店公司，2003 年），第六輯，頁 122。

增添不俗質感。不可諱言地,〈情婦〉脫胎於著名的〈錯誤〉。在其
〈情婦〉詩中處處可見其苦心孤詣,力求展現傳統詩情語言藝術特色
之用心。

〈情婦〉詩中所展現的詩作藝術手法有:語言及繪畫美、藍色的
象徵色彩和詩歌的想像。〈情婦〉一詩展現浪子詩人的傳統詩情及男
詩人眼中的女性意象,〈情婦〉一詩更呈現出六○年代傳統情婦形
象。

二 詩作的藝術手法

(一) 語言及繪畫美

〈情婦〉瀰漫著豐繁華美的語境所創造出濃濃的繪畫美,教人沈
醉其中。蘇軾稱王維的詩是「詩中有畫,畫中有詩[2]」,即是對詩中蘊
含豐富的繪畫性之高度讚揚。鄭愁予所繪出的情景情景:情婦幽居在
高高的窗口,與善等待的金線菊相伴。常空的寂寥是情婦的心情寫
照,高處清冷的寒意,悠悠白雲穿梭歲月,等待著季節的候鳥情人。
如此溫婉的寫意鏡頭,繪出情婦的容顏。他運用「青石」、「金線
菊」、「窗口」所蘊積的情思,緩緩流瀉在精緻情意的畫布上。

若對照李商隱的七律無題,內容抒寫年輕女子對愛情詩意的幽
怨,相思無望的苦悶:

〈無題二首〉

鳳尾香羅薄幾重,碧文圓頂夜深縫。扇裁月魄羞難掩,車走雷

2　蘇軾:〈東坡題跋‧書摩詰藍田煙雨圖〉:「味摩詰之詩,詩中有畫;觀摩詰之畫,
畫中有詩。」

聲語未通。

曾是寂寥金燼暗，斷無消息石榴紅。斑騅只繫垂楊岸，何處西南待好風？

重帷深下莫愁堂，臥後清宵細細長。神女生涯原是夢，小姑居處本無郎。

風波不信菱枝弱，月露誰教桂葉香？直道相思了無益，未妨惆悵是清狂。

　　詩人李商隱的愛情詩寫來蘊藉含蓄、意境深遠、寫情細膩。諸多的比喻、象徵和聯想加強了詩的暗示性。鄭愁予的〈情婦〉頗有此意境，在〈情婦〉中的寂寥意象鑲嵌著女子的暗自等待。鄭愁予不僅發揮了中國古典詩情美，亦在現代詩美學中遊走，細膩的揮灑出情婦的悲劇情調。

（二）藍色的象徵色彩

　　藍衫的意象除了象徵江水外，亦指母親，有種溫暖的感覺，黎明時的江色如此清靜無擾，令人有種投入慈母懷抱的寧靜溫情感。此屬「象徵性意象」，在詩中具象的藍衫喻指碧藍江水，也間接象徵慈母的溫情，以具象暗示抽象的情感，豐富了藍衫的意象，也賦予了情感色彩。[3]

（三）詩歌的想像

　　「詩重想像。想像是虛的，是誇張的，是超現實的。如何把想像

3　相關論點係見高宜君：《鄭愁予晚近詩作研究》（屏東市：國立屏東教育大學中國語文學系碩士論文，2006 年），頁 223-226。

與真實結合，使實中見虛，虛中見實，是詩人學力和才力的考驗。」[4]
詩必須創新語言和想像，所以常常有一些極具新意的描寫，鄭愁予便
運用了西方現代詩學中所謂的「悖論語言」、「悖論情景」[5]，運用這
種技巧便能顯出詩的張力與密度。鄭愁予詩中有時運用了出奇的聯
想，雖不合理，卻反而達到了新奇的效果。

在〈情婦〉詩中的情婦，情人竟反常的不留任何現實中的名利給
情婦，但情婦仍堅貞的等待候鳥情人的來臨。讓人見識愛情的偉大力
量，亦「反常合道」的符應「情婦」的身分認同。

三　浪子詩人的傳統詩情

鄭愁予早年詩的流浪基調，展現出的是一份浪漫執著、堅定無悔
的「追尋」情懷；這份「越界」、「追尋」的強烈情懷，不僅使愁予詩
的「浪子」成為現代詩中身影最鮮明的「流浪者」，亦將使《鄭愁予
詩集Ⅰ》繼續打動歷代讀者的心靈，成為現代詩壇永懸的一頁傳奇。[6]

詩人鄭愁予堪稱是六十年代存留傳統詩情的現代詩人。在〈情
婦〉詩中的「青石」是傳統詩歌經常描寫的景物。[7]而「青石」也標
誌著情婦的傳統堅貞情思，傳統的氛圍塑造婦人「等待」的美德。

4　見黃維樑：《怎樣讀新詩》（臺北市：五四書店，1989 年 8 月），頁 120。

5　見童慶炳：《中國古代心理詩學與美學》（臺北市：萬卷樓圖書公司，1994 年），頁 117-118。

6　見陳伊文：《鄭愁予詩的「流浪」基調研究──從一九五一─一九六八年》（臺北市：臺灣大學臺灣文學研究所碩士論文，2007 年）。

7　見黃永武：〈作品的詩境〉，《中國詩學鑑賞篇》（臺北市：巨流圖書公司，2008 年 7 月），頁 116。

四　男詩人眼中的女性形象

　　早期的鄭愁予便以〈錯誤〉獲得「浪子詩人」之封號，把女性等待的心理刻劃得絲絲入扣。在〈情婦〉中詩人使等待歸人的女子更添幽怨之情，詩中淡淡地點出她的幾許輕愁，描繪出她痴心不悔的執著之美。

　　而女性陰柔的形象，一直是詩歌中喜歡引以為題材，予以發抒、感喟、讚嘆、憐惜……

　　《詩經》〈秦風‧蒹葭〉：

> 蒹葭蒼蒼，白露為霜：所謂伊人，在水一方。溯洄從之；道阻且長，溯游從之，宛在水中央。
>
> 蒹葭淒淒，白露未晞；所謂伊人，在水之湄。溯洄從之；道阻且躋，溯游從之，宛在水中坻。
>
> 蒹葭采采，白露未已；所謂伊人，在水之涘。溯洄從之；道阻且右，溯游從之，宛在水中沚。

道出女子思念傾慕，幽怨之情寫來淋漓盡至。

　　由於古代對於乾天、坤地，男子陽剛、女子陰柔之特質有既定之規範。於《詩經》〈小雅‧斯干〉中可見。也因此「情婦」只能被動的「寂寥」與「等待」「候鳥」情人的到來。

　　鄭愁予的〈情婦〉，無疑的，十分美而令人喜悅，「常空的寂寥」、「寂寥與等待」、「候鳥的來臨」，都足於讓人悸動，這些都構成鄭愁予詩中「美」的質素。但另一首同題為〈情婦〉的詩，卻可以證明「女性形象」由「美」而「真」的時代進步痕跡。這一首是劉克襄的〈情婦〉，多了許多生活的瑣雜氣味：

> 按了兩次門鈴
>
> 揪著睡袍妳打開門
>
> 只有鮮花一束與陽光
>
> 我早就騎單車回去
>
> 回去泡牛奶看晨報
>
> 然後鎖好日記本
>
> 妻從她的房間出來
>
> 問去那裡了
>
> 當然是晨跑

這樣一首詩是現代社會裡的詩,這樣的女性意象是我們親切感知的女性形象,女性形象逐漸步入生活,也隱隱暗示我們的詩逐漸步入生活。[8]

五　結語

欣賞也是一種創造。也許讀者的觀點和作者不同,但是話說回來,作者的原意早已不可溯,只要合情合理,任何解讀方式都是被允許的。[9]

詩作開頭點明「青石的小城」,似指大陸江南小鎮,可知他在追憶大陸時期的舊情。窗口透出「長空的寂寞」,暗指情人久候浪子的期待、落寞狀態。而詩人歸來,穿著藍衣,給人以季節或候鳥的感覺,暗指詩人終不能歸。最後一句則點明了詩人漂泊他鄉無法回歸的

8　見蕭蕭:〈現代詩的女性意象〉,《現代詩學》,頁 99-101。

9　見蕭蕭:〈讓想像的翅膀飛翔——蕭蕭談現代詩教學〉《國文天地》11 卷 1 期(1995 年 6 月),頁 33。

「過客」心情。[10]

　　鄭愁予〈情婦〉一詩的主要風格是婉約悲涼的抒情性，有舊體詩詞之美。詩中出現的青石小城，一畦金線菊，舊宅的窗口，以及寂寞的婦人，雖不免淒婉，但畢竟給人一種居家的溫軟色調。第二節中浪子「季節或候鳥」的來臨，是點睛之美，使全篇景語都顯出悲涼意味。[11]〈情婦〉有柔麗的小說情節，劇情深深勾串疼惜之心，使傳統情婦在如今現實功利社會格外惹人愛憐。

　　有人說，現代詩人是一個拔河者——他不斷地與世界、人性、時代、萬物，自己和語言拔河。[12]鄭愁予詩人在〈情婦〉中展現了浪子詩人的傳統詩情及藝術美感，華麗風采歷久互新。

　　　　　　　　　　——選自《中國語文》107卷1期（2010年7月）

---

10 見游喚、徐華中、張鴉聲編著：《現代詩精讀》（臺北市：五南圖書出版公司，2002
　 年 10 月），頁 176-177。

11 見游喚、徐華中、張鴉聲編著：《現代詩精讀》，頁 177。

12 見張健：〈現代詩與詩人〉《中國現代詩》（臺北市：五南圖書出版公司，1989 年 4
　 月），頁 29。

（二）
詩集演義

論《窗外的女奴》

彭邦楨

　　在我國的詩壇上，我曾散步了三十年。可說這是我最喜歡的一塊土地。因為在這裡畢竟還有芳草，還有鮮花，還有一些新鮮的空氣。所以在這裡散步是個賞心樂事，好像就有這麼一片心靈的藍天、情感的森林，這總是一個青綠與蒼翠的境界。因而我覺得在詩的意趣上不老、詩的感興上不老，甚至在詩的年齡上也不老的。這就像我們讀古詩而如見古人，讀今詩而如見今人，他們總是那麼一副鮮活而躍動的面孔。劉勰說：「登山則情滿於山，觀海則意溢於海」，那麼我們讀甚麼人的詩，就如置身甚麼人的境界是殆無疑問的了。

　　最近我讀鄭愁予的《窗外的女奴》，就有這樣的感覺，好像鄭愁予是立在我們的面前的，他有一張好看的面孔、年輕的面孔、英俊而瀟灑的面孔。因為他的詩集就在我們的前面，要讓我們去為它品味，去為它言詮，去為它鑒賞一個境界。所以就這樣要置身其中，要以心智去領略與感受它的。鄭愁予的詩是一個青綠的面孔，它有著與一般的作品不同的風貌，這也是他持有的特色。因為他這本詩集是相當純粹的：說它是一幅風景，就是一幅風景；說它是一幀圖畫，就是一幀圖畫；也就是說它是詩的，就是詩的。過去我曾熟知鄭愁予，他是在五十年代的《現代詩刊》上出現的一個詩人，說起來已經有十六、七年的歷史了。過去我並不覺得他有甚麼？但在現在來說，他自出版《夢土上》、《衣缽》等詩集的過程之後，再出現在我們面前的《窗外

的女奴》，就好像有個「窗外的詩人」再出現在我們的窗前一樣，在那許多風景的前面，他就是那麼一首好詩。不是說我是要在這裡來捧他的，而是說我是要在這裡來論他的。如是說我有一絲半縷的偏見，那就只有歸諸是我錯誤的看法。

　　鄭愁予今天已去美國，他是於去年十月應美國愛荷華大學作家研究室的邀請前往作為期一年的創作研究的。也就是說他具有這份資格與榮幸，就像余光中與瘂弦在他之前也去過一樣，這是我國詩人們的一份驕傲。他這本詩集就是他在去美國之後於十一月份裡由十月出版社出版的。據說他由於行前倉促，結果都沒來得及寫點片言隻語的前言和後記。有人說：「讀任何人的作品，都是必須要人家的序的」，這是因為在序文裡有值得供我們參考的價值。不過，沒有序言也未嘗不可，這就像一個人在我們的面前只是沒有戴上一頂帽子。所以我還是覺得貴在作品的本質，就像我們去看電影，看與不看說明書，並不妨礙我們的欣賞一樣。

　　他這本詩集，可說這都是他過著戶外生活的作品，並不是不曾見過陽光和雲彩的。所以他的詩也就有他的領域和尺度，多是自然的色彩和景象，那麼這也就是自然的感受和聲音了。這本詩集共有六十首詩，並分為〈採貝集〉、〈知風草〉、〈石邊的人〉、〈五嶽記〉、〈草生原〉等。從這六輯作品的命題看，我們就覺得有股芳醇與新鮮的氣味。這些畢竟是接近了自然而後自然的作品，不是站在山外看山，水外看水，而是遠離了城市而深入了山林與水澤有所見聞的創作。茲為了欣賞起見，首先其〈採貝集〉中之一首〈下午〉談起：

　　　啄木鳥不斷的啄著，如過橋人的鞋聲

　　　整個的下午，啄木鳥啄著

　　　小山的影，已移過小河的對岸

　　我們也坐過整個的下午，也踱著

　　若是過橋的鞋聲，當已遠去

　　遠到夕陽的居處，啊，我們

　　我們將投宿，在天上，在沒有星星的那面

　　這首詩，是頗得我國古典文學作品那種空靈的境界的。王維說：「空山不見人，但聞人語響，返景入深林，復照青苔上。」鄭愁予的這首詩，雖說並非王維這樣的神韻，但就這首詩的意味來說，我們卻是可以由這首「下午」而聯想到王維的這首「鹿柴」的。因為「啄木鳥不斷的啄著，如過橋人的鞋聲」，我們就可以聯想到「空山不見啄木鳥，但聞啄木鳥的啄聲」，就如「空山不見人，但聞人語響」的意味。范況說：「小美嚴予師承，尚有尺寸可循；摩詰純乎妙語，絕無跡象可即。」而我在這裡也是有點覺得鄭愁予的這首小詩是出於妙悟的。所以一首詩之有沒有意境，就要從這點妙趣來看。比如一個人走進山林的深處，如是在一個晴朗的黎明，除了聽到清脆的鳥鳴之外，甚至還可以聽到自枝頭滴落的露水聲就像雨聲，可說這就是一種聯想的作用。比如一個人走進山林的深處，如是在一個秋日的下午，除了聽到隱約的蟲吟之外，甚至還可以聽到自枝頭飄飛的落葉就像風聲，可說這也是一種聯想的作用。因為在山深林靜的地方，自然也就會聽到啄木鳥的啄聲就「如過橋人的鞋聲」了。這首詩的第一行，可說就寫得非常傳神，是具象而也是抽象的意味。其第二行到第五行，這也是非常有趣味的，如果以散文的筆觸來寫，那麼就得費如下的一番描寫：「今天我走進了一個山林的深處，聽到了啄木鳥不斷的啄木聲，彷彿就像過橋人的腳步聲音一樣。只是整個的下午，我都聽到啄木鳥的啄木聲，這自然不是過橋人的腳步聲，也不是採樵人的叮叮的伐木聲……當黃昏來了，小山的山影，已經移到小河的對岸，這時就已經

聽不到啄木鳥的啄木聲，彷彿就像過橋人的腳步聲已經遠去了一樣。」那麼這種聲音又遠到甚麼地方去呢？我想這一定是「遠到夕陽的居處」了。這裡可說也是他的一個重要的筆觸，所謂「黃昏、烏鴉」，這就是有點令人感到蒼茫的意味。雖說現代詩的表現意象與古典詩的表現意象不盡相同，語言異趣，技巧異樣，但是真正詩的神髓還是一致、詩的本質還是一樣的。讀鄭愁予的詩，我總覺得有些古典的情味，好像這個聲音並不陌生。尤其是我國的古典的詩品，在講求詩的比興與妙悟的這一原則上，是相同於我們今天所強調的象徵與直覺的。不是說我在這裡指他這首詩與古詩寫得好與不好的問題，而是說他的詩已臻入一個境界，有點令人脫塵出俗之感。現在茲為了繼續介紹起見，往下我們再看〈知風草〉裡一首〈天窗〉：

> 每夜，星子們都來我的屋瓦上汲水
> 我在井底仰臥著，好深的井啊。
>
> 自從有了天窗
>   就像親手揭開覆身的冰雪
> ──我是北地忍不住的春天
> 星子們都美麗，分佔了循環著的七個夜，
> 而那南方的藍色間小星呢？
> 源自春泉的水已在四壁間蕩著
> 那叮叮有聲的陶瓶還未垂下來？
>
> 啊，星子們都美麗，
> 而在夢中也響著的，祇有一個名字
> 那名字，自在得如流水……

這首詩，可說是一首戀情很深的詩，是愈讀而愈覺得甘美的。因為我們人生都曾有過愛，愛的深淺，也就是時間的長短，回憶的久暫。這首詩是可以見出一個作者寫這首詩的目的的，他是曾經有個為他所傾倒的愛人的。不過一個詩人處理作品，有其嚴肅的一面，如果是僅僅的訴諸情緒，則不一定就是好詩。也就是說，情緒應在物象的背後，其本質的藝術價值還是首要的。可以說他並沒有在寫一個愛人，而只是在寫一個「天窗」，因為在寫的過程中，就難免產生即景生情的聯想與感受。只是我並非鄭愁予本人，他是不是在其間包含了一個意象，可以說是我不能妄自忖度的。我想這也許就是我的主觀，那麼現在就拿我的主觀來看這首詩吧。

所謂「天窗」，這就是屋頂上的窗戶。因為我國舊式建築的房屋，一幾進的建築，有的是根本沒法在壁牆上開扇窗戶，所以就必須在屋頂上開天窗，或者就是在屋頂上蓋幾片亮瓦，以便讓光線流進黑暗的房間來。所謂「打開天窗說亮話」，我想這句話就是根源這點意義而來。此外，在我國舊式建築的房屋裡還有「天井」，可以說天井與天窗的意義差不多，這也是為甚麼客堂沒有辦法開窗戶的原因。所謂「坐井觀天」者，我想也應是這個道理。由此我們就可以聯想到鄭愁予這首〈天窗〉的意味。一個人在懷念一個戀人時常常是睡不著的，所謂「輾轉反側，寤寐求之」，有時就會瞪著眼睛去望天窗。所以「每夜，星子們都來我的屋瓦上汲水，我在井底仰臥著，好深的水啊。」可以說這兩行詩是寫得維妙維肖的，也就是說，我每夜都在想妳呀！望著天窗，看見星子們在天窗外閃閃爍爍，而我就像在井底仰臥著一樣。難道說星子們要在這個井裡來汲水嗎？而這口井又是多麼的深啊。從這第一節看到第二節詩，他說：「自從有了天窗，就像親手揭開覆身的冰雪──我是北地忍不住的春天」。這第二節詩較第一節詩又寫得深沉了。可說這裡包含的語意是很多的，這個天窗也許就

是他心目中的那個「天窗」。天窗是她，她即天窗。也可以說自從有
了這一段情，就像從「覆身的冰雪」裡而有了春意，有了一個「忍不
住的春天」。這又是怎麼箇「忍不住」呢？而是忍不住的愛啊！從第
二節到第三節詩又進入了另一個情況。這裡是說他每夜都在想她，一
個星期七個夜的在想她，所以說「星子們都美麗，分佔了循環著的七
個夜」。雖說這些星子們都美麗，但是「那南方的藍色的小星呢？」
可以說道裡就是他的點題之筆了。所以我在這裡要說他的「藍色的小
星」，也就是他所要命題的對象。至於「源自春泉的水已在四壁間蕩
著，那叮叮有聲的陶瓶還未垂下來？」這也就是說「這些美麗的星子
們都在這裡汲水，為甚麼我那顆心愛的藍色的小星不把她的陶瓶垂下
來，也來汲我這春泉一般的水呢？」這第三節詩，是非常耐人尋味
的，可以說這是具象而又抽象的揉合。這「在四壁間蕩著的春泉」，
也就是說他所充滿體內的愛心，真是拿春泉來比興或象徵愛情也是最
確切的表現。關於第四節詩，也是很令我激賞的，尤其那「自在得如
流水……」的一行，真是有千言萬語而說不盡的。總之，這是一首命
題完美、喻物取象完美的好詩，由此可見，鄭愁予的筆觸是很細緻
的，有他個人獨特而清麗的風貌。茲為了對他的作品再認識起見，往
下再論他一首〈霸上印象〉：

> 不能再東，怕足尖踢入初陽軟軟的腹
> 我們魚貫在一線天廊下
> 不能再西　西側是極樂
>
> 隕石打在粗布的肩上
> 水聲傳自星子的舊鄉
> 而峰巒　蕾一般的禁錮的花

在我們的足下
不能再前　前方是天涯

巨松如燕草
環生滿地的白雲
縱可憑一釣而長住
我們總難忘襤褸的來路
茫茫彼茫茫　不期再回首
頃渡彼世界　已邁回首處

　　這首詩，是他〈五嶽記〉中的一個作品。所謂「五嶽」，這並非是我國大陸河山的「東嶽泰山、西嶽華山、南嶽霍山、北嶽恆山、中嶽嵩高」，這裡所指的，也就是臺灣的南湖大山、大霸尖山、玉山、雪山、大屯山。當然大陸河山是要比臺灣的更壯麗的，可以說這是我們不能忘記大陸的主要原因。雖說鄭愁予所寫的不是大陸的五嶽，但他卻能把臺灣的五嶽寫在紙山，這已經是與眾不同的了。因為「樂山者仁、樂水者智」，山水是最能涵詠一個人的品性和情操的，起碼也能使人對自然產生崇高的興趣。所謂「相看兩不厭，唯有收亭山」，我想也就是這個道理。鄭愁予的這首詩，我也是很喜歡的。因為它能使我產生回味、產生同感、產生對登山涉水的感受來。也就是說，一個人登的山多，是比走的路多；涉的水多，是比過的橋多。鄭愁予的作品能以這些作取材，這就是他的難能可貴之處。所謂「不能再東，怕足尖蹴入初陽軟軟的腹。我們魚貫在一線天廊下，不能再西，西側是極樂。」這一節詩，乍看起來，是有點費解的。如果一個人從沒有登過山，涉過險，可以說簡直是無法想像的。這節詩，是說他們登山已經登到一個極危險的境界了，如果稍一不慎，就要失足陷入萬丈的

深谷。他說「不能再東，怕足尖踢入初陽軟軟的腹」，這是說他們登
山正好在黎明太陽初升的時候，他們還「魚貫（兩行）在一線天廊
下」的棧道上，一邊可能就是懸崖，一邊可能就是峭壁。如果是向這
邊的懸崖多跨一步，那就要一腳踢著陽光的晨曦了。我們試想踢著陽
光的晨曦會怎樣？我想陽光不僅是「軟軟」的，恐怕就是空空的。所
以行在山中，有時既不能朝東，有時也不能朝西，因為西邊說不定也
是一個極樂世界。第二節詩，也有很極緻的表現，例如「水聲傳自星
子的舊鄉，而峰巒，蕾一般的禁錮著花」，這是說人在山中聽到山谷
響徹的水聲，就像來自銀河一樣。這雖是誇張的，所謂「黃河之水天
上來」，但也是意象的感受的。尤其人在高處，在感覺上就常有不
同。比如「登泰山而小魯」，比如「舉頭紅日近，回首白雲低」，可以
說這都是刻劃人在高處的見聞。所以在一個大山的峰頂，就有「一覽
眾山小」的感覺。因而有時不僅是看著遠處的低山微小，甚至就像一
朵朵的青蕾而未開放的花一樣。第四節詩，在情味上也是很典雅的。
遠看「巨松如燕草，環生滿地的白雲」，這是說人已立在雲海的峰頂
之上，看見雲海的那片浩瀚，這也是會讓人產生多種意識的。比如
「乘長風破萬里浪」，比如「臨淵羨魚，不如退而結網」，所以雲海稱
之為「海」，也就含有無盡的意象在內。所以他說「可憑一釣而長
住」，由於這興起於登山時的感念，因而也就有「難忘襤褸的來路」。
這第三節詩，到這裡已是一個完成，在意味上說，這已經就有許多不
必言詮的意象存在。至於那後面的兩行詩：「茫茫復茫茫」的甚麼？
我認為就有點是多餘之筆了。因為這不像現代詩的語言表現，而是
「五言體」的味道。尤其所涵蓋的那種禪機，也是較俗的意識，這是
不甚表讚許的。

　　總之，《窗外的女奴》這本詩集是一冊佳構。其特徵不僅具有一
般不同的風貌，而且也是極為純粹的，這是這個時代所難得聽到一種

自然的呼喚，可以說這也是鄭愁予創作的一個里程碑。雖說像〈草生原〉這樣的作品並不為我所接受，就像「雲雨巫山」一樣，但大部分的作品都是極為圓潤、晶瑩、精巧的好詩。不過，我認為一個詩人在時代所應具有的詩心，除了自然的實驗與體認之外，還是有必要顧到我們人的存在來的。也就是說，要經由自然建設而到我們人的建設上，或者是經由人的建設而到自然的建設上，因為這是一種調和，也是一種感性。

　　最後我還是要讚許鄭愁予這本詩集的，因為這畢竟是他曾經攀過「五嶽」而具有生命的創作，也是他為我們從高處捎來的一種天籟。

——選自《幼獅文藝》30卷4期（1969年4月）

欲擲的頭顱
──《燕人行》印象

世堯

　　愛好現代詩的朋友，對於鄭愁予這個名字一定不會陌生，甚至對於〈錯誤〉、〈船長的獨步〉等他早期的作品都能琅琅上口；《燕人行》則是愁予停筆十五年後出的第一本詩集，在這本詩集中，愁予的風格有了極大的改變。相信這不僅僅是我一人、同時也是大家所關心的；因此提出來和大家討論一下。不過我對於現代詩的結構學上只有很淺的涉獵，因此我沒有資格寫評論，只能寫個人的感覺而已──套用楊牧的一句話：只能寫「印象」。

　　〈燕人行〉本來是一首詩的名字，愁予將其引用為詩集的名稱，可見對此詩的重視。因此要研究愁予風格的改變，不妨從這首詩開始。先看〈燕人行〉的寫作背景。一九七三年冬，鄭愁予赴布萊德國際機場送客，赫然發現一架待發的客機終站為西雅圖。當時曾與愁予談及「星座」雜誌副刊的德偉、翱翱及羅青、林綠、楊牧等詩人均在西雅圖。於是神隨機起，神遊北美大陸，而作此詩。

一

　　　未酬一歌　豈是
　　　慷慨重諾的

> 燕人？從這岸張望
> 易水多寬？
> 竟是愛坡雷神十萬畝卿雲
> 五湖猶落木，草原諸州縱橫著凍河
> 愛荷華領一層瑞雪輕覆
> 柔軟起伏的
> 紫膚的胴體

詩之開頭，要能吸引人，才算成功；造成吸引力，使用「懸疑句」是一個方法；而造成懸疑，方法也很多。例如：

> 我的妻子是樹（〈卑亞南藩社〉）

是應用「奇警句」造成懸疑。〈燕人行〉中，愁予則連用了一個否定語氣的「未」及一個疑問語氣的「豈」製造語氣上的懸疑，算是新的嘗試。「燕人」一詞本是「慷慨重諾的」的受詞，而被移到第三行，暗示了思考過程的停頓及語氣的轉折；這樣一來，「燕人」又成了「從這岸張望」的主詞，使得詩的節奏漸漸變快，再帶出「易水多寬」的又一個懸疑。詩之進行至此，已然產生了極其強大的「張力」，讓下一句「竟是愛坡雷神十萬畝卿雲」的迸發更為有力。愁予最喜用長句掌握詩的情緒。例如：

> 那等待在季節裡的容顏如蓮花的開落（〈錯誤〉）

便是藉著音響上「頓」的效果烘托蓮花的「開落」，暗示等待之漫長。「竟是愛坡雷神十萬畝卿雲」也是藉著聲調的排比錯落，整句一氣呵成，更加「卿雲」的飽合音響收煞，直使整句詩有「君不見黃河之水天上來奔流到海不復回」的浩淼翻騰、言有盡而意無窮之慨。第

三行的「燕人」和此處的「卿雲」在四聲中都屬陰平和陽平，前後呼
應，共鳴清越渾和，更見氣魄！

接下來純粹是寫景。「燕人」、「為酬一歌」，乃慷慨赴義。由空中
俯瞰，北美五大湖有如五片淒涼蕭瑟的落葉，草原上則凍河縱橫。愁
予詩一向以「圖畫性」見稱；觀諸這一小段，確實令讀者感染到「一
去不復返」的悲哀情緒。最後三行除寫景之外，更對飛行的感覺有貼
切的暗示；「愛荷華領一層瑞雪輕覆」的原句應為：「（草原諸州縱橫
著凍河），領一層瑞雪輕覆愛荷華」的倒裝。其中「領」字用得十分
傳神，因為「領」字本較「引」、「提」來得的緩和，再加上最後二行
愁予大量運用語調緩和的陽平及上聲的詞彙，使飛行時「柔軟起伏」
的意象經營更加逼真。

縱觀「燕人行」的第一段，已大略可見其規模。愁予以荊軻刺秦
王之事為骨幹，以時空交錯的手法，穿插入身邊的人、事、地為經緯
而成此詩。這種時空交錯的技巧十分不易，而愁予處理得有條不紊，
毫無雜亂之感，甚至能將古代與現代的人、事、地融於一爐而不露痕
跡，足見詩人技巧爐火純青之一斑。

二

　　　　窳土已入，黃石公嵯峨居處
　　　　十九年后，自有匹夫勤練錐法
　　　　雖是罡風萬里
　　　　而浪子已喬裝，寬袍懷圖
　　　　圖中有劍，兩袖豈能飛舞
　　　　而落磯山
　　　　豈能落足？雪深七公尺不過是

瞬目左右間

敘事詩的長度通常較長，段數也較多；每一段雖有一貫的思想串連，但各段在結構上的張力常不如短詩，以致全詩顯得冗長拉雜，可讀性亦隨之降低。因此愁予在詩中經營了一些相互呼應的意象；這些意象不但增強了段落間的張力，同時對於詩之情緒轉移的暗示亦有貢獻。例如「紫膚」和「黃石」、「瑞雪」和「崗土」及「柔軟」和「嵯峨」等。「崗土已入」當是已入崗土的倒裝。「崗土」是badlands（地名）的意譯，「黃石公嵯峨居處」則是指黃石公園。「已入崗土」經倒裝之後，在詩之進行上多了一種「由遠漸近」的造像上的意義，同時使上下二句押韻——現代詩雖不講押韻，但亦不必避免天籟的韻腳——增加了詩的可誦性。此處愁予並引用了一個典故：張良在秦滅韓國之後，徙居下邳，機緣巧合，獲一老叟授以《太公兵法》。老叟自稱黃石公，並計十九年（一說十三年）後，二人可在濟北相逢。於是張良苦讀兵法，幫劉邦打天下；十九年後，卻在濟北打聽出「黃石公」原來是一塊黃色大石塊……。詩人所以引用這個典故，乃在直接暗示「燕人」的決心已堅定；「十九年後，又是一條好漢也！」慷慨赴義。這一點亦可由第一段「柔軟」的意象轉變為「嵯峨」中的第一段中的意象間接的暗示獲得證實。

接下來則原原本本地引用了荊軻刺秦王之事，而愁予自比浪子，又以劍喻筆，似乎雄心萬丈；然而卻又不免自觴歲月老大，浪子已不再像從前那樣瀟灑不羈，變得穩重、成熟了。

最後三行，愁予表現了高妙絕倫的意象創造技巧。由於在古典文學方面深厚的造詣，愁予常能化腐朽為神奇。俗語說「冰凍三尺非一日之寒」，比喻一件事必定是有因才有果、漸漸造成的。而愁予卻創造了「雪深七尺不過是一瞬目左右間」，表示不知不覺間，已到了落

磯山；這種構思實在令人不得不歎為觀止、心服口服了。另一方面，這一段的節奏由慢漸快，為一段的節奏鋪路。這一點留至下一部分再談。

三

> 不可彈丸向西
> 窮趕落日
> 太平洋正自煉天為水
> 驚詫間，自臍以下都是浪潮
> 竟然又是個雨港
> 說是……說是到了西雅圖

記得國中的國文選有陶淵明的〈詠荊軻〉，其中有四句是這樣的：

> 登車何時顧，飛蓋入秦廷；
> 凌厲越萬里，逶迤過千城。

這四句在詩中是荊軻赴秦的情形。陶淵明對詩的節奏控制準確；我們朗誦至此，確實有乘奔御風的感覺。而愁予在節奏上的把握不遜於古人。愁予以「跳接」的方式處理意象的改變；飛機向西飛行，追逢著落日，突然間，就看到了煉天為水的太平洋，自海與天交際之處以下都是浪潮。其中造像之高妙如以「煉天為水」形容海天一色的境界，以及意象轉接的明快不落痕跡，在在使人拍案叫絕。然而，最精彩的還是「說是……說是到了西雅圖」一句。陶潛的〈詠荊軻〉之缺點在能放卻不能收，詩之自從「登車何時顧」開始就一快至尾，使得「惜

哉劍術疏，奇功遂不成」的悲劇氣氛大大地削弱了。反觀愁予的〈燕
人行〉，在這一句之前的節奏輕快無比，而當我們朗誦到「說
是……」之時，詩的速度驟緩；至於「……說是到了西雅圖」時，則
音調由高亢而漸低沈，速度更慢，暗示飛機之降落與「燕人」即將就
義時的心情，更重要的是為下一段積蓄張力。讀到此處，我們能不歡
喜讚嘆，承認愁予的成就是勝過淵明的嗎？

四

濛濛的西雅圖　木含臨湖
含內群朋團坐　向火默然
莫是舉事的時刻已妥定
莫是
血已歃　杯已盡
而星座仍有席空著　一樽酒卻
炙著　莫是等我？
恕我　駁氣涉水來得魯莽
倥傯間未及挽梳
我這顆
欲歌
欲飲
欲擲的
頭顱

這是〈燕人行〉的第五段及末段，也是全詩的最高潮。愁予之於
第五段的文句之佈局，深得「形式決定內容之妙。長句「莫是舉事的

時刻已妥定」的「頓」的效果、第二個「莫是」的獨立成一行、「血已歃杯已盡」的上下分置,使得詩的節奏極緩,有如行刺前緊張的心情。同時,兩個「莫是」再度製造了另一個懸疑,使詩之張力漸增,以至於第六段的「莫是等我?」的再一個懸疑而使張力達到飽合。至此,一切都是出奇的平靜,卻積蓄著暴風雨前的不安。

在大家的印象中,愁予詩的圖畫性強於音樂性,事實上愁予在詩中常有感性的聲音出現:

> 這次我離開你,是風,是雨,是夜晚〈賦別〉

這「是風,是雨,是夜晚」的音響何等動人心弦。「風」的音響飽和、聲調上揚,心情是激動的;而後聲調由高漸低,至於「是夜晚」時,心情則變為沈重黯然了。〈燕人行〉中,愁予也有精彩的男高音;從「恕我」開始,速度驟然加快,音調急速上昇,終於爆發出「我這顆欲歌、欲飲、欲擲的頭顱」的震撼人心的音響,而後突然收煞,留下了無限慷慨悲壯的餘音!

至此,相信大家對愁予在〈燕人行〉中的風格已有所了解,那麼,就讓我們探討一下究竟愁予有何改變。

五

一般來說,是為人所熟悉的愁予,是在一九五七年以前詩人的風格,許多膾炙人口的作品都是這個時期所產生的。在這段期間內,詩人的心靈活動是超現實而富於感性的。詩人常透過某種自然現象或現實的人、事、物,經過縱的演繹和橫的聯想,以他特有的情感和抒情的筆觸,瀟灑出一種淒涼的、浪漫的美:

　　我要歸去了

　　天隅有幽藍的空席

　　有星座們洗塵的酒宴

　　在隱去雲朵和帆的地方

　　我的燈將在那兒昇起……

這正是愁予早期作品的形象代表：優美的造像和抒情的聲音；就是這種意象上的美深深吸引了讀者。而《燕人行》中（其實嚴格說來，當是從〈燕雲集〉十首開始），愁予的詩風遽變；從前那種優美的陰性語言除了在《武昌街東坡》等聊聊幾首詩中，尚能捕捉一些痕跡外，全然被一種開放的、陽剛的語言所取代。事實上在愁予早期的作品中，已然表現出他外柔內剛的精神，現在只是將他剛強的內涵作更直接的傳達，語言則更趨於古拙精簡：

　　〈暮〉

　　凝睇一面紗窗猶之凝眺一片沙漠那麼神馳麼？

　　葉影之浮動

　　恆亦似日瞬予了

〈歸航曲〉是愁予一九五一年的作品，我們將之與〈暮〉對照，便可一眼看出兩者在語言上的差異。自然，這種改變並非一蹴而成的，從〈五嶽記〉一系列的作品中，已能看出一些線索：

　　〈雲海居・一九五七〉

　　雲如小浪，步上石墀了

　　白鶴兒嚙著泥鑪徐徐落地

　　金童子躬身進入：啊，銀日之穹

　　我仍是那麼坐著，朝謁的群峰已隱了

我們可以發現愁予在白話中滲入了文言的句法，使語言的硬度大為增加；在音響上，更強調了「頓」的效果，發展出一種新的節奏。這種改變當然是愁予刻意經營的，然而在這個階段，改變尚未趨成熟，是以有些作品刻劃的痕跡太重，甚至被囿於格式；直到〈燕雲集〉才真正定型，而在《燕人行》中，詩人的新風格方有充分的發揮。

六

小說的讀者常常喜歡將自己代入故事中主角的地位去幻想，藉以滿足現實生活中無法實現的一些夢想和願望。愁予早期的作品也有異曲同工之妙；詩人的特色是藉景抒情，經營一種迷人的浪子情懷，透過他高度的技巧、細膩的筆觸和詩人特有的「靈視」，烘托出愁予獨有的浪漫氣氛：

〈錯誤〉
我達達的馬蹄是個美麗的錯誤
我不是歸人，是個過客

〈如霧起時〉
我從海上來，帶回航海的二十二顆星
你問我航海的事兒，我仰天笑了……

這種筆法在〈燕人行〉中幾已不復可見；詩人以成熟冷靜的聲音取代了過去的激情。取材的範圍是更廣泛了，詩的內容也不再限於對風花雪月的歌詠，而擴展至對於人生國事的探討；詩的性質則變為借景敘事，再間接引申出詩的主題意識。較之詩人的舊作，更見深度與廣度：

〈踏青即事〉之一

楊花樸騰

東風是眷國情深的

而舞入亂髮的楊花

是片片招安的告示麼

白髮揮出執節的手掌

生命是不投降的

異國的楊花

也怎地

多事了

這首詩當是有感而發的，也許是愁予客居美國的感觸吧。全詩的重點應在「東風是眷國情深的」。東風給人的印象就是純屬於中國的，而把東風給擬人化了；或者毋寧說詩人把東風比喻為自己；楊花自然是表示一些虛有其表的名利的誘惑。楊花舞入（東風的）亂髮，然後帶出白髮是執節的手掌／生命是不投降的」的主題。這一類的題材在愁予的舊作中恐怕是沒有的了。由此也顯示出詩人在心智上的成熟。

七

對於一個作者來說，蛻變是可喜的，即使改變的價值並不一定會為讀者所肯定；因為蛻變的過程中，作者必定是經過很大的掙扎去追求他心目中最完美的作品。事實上，如果我們想在《燕人行》中尋找《夢土上》時代的那個浪子形象的話，必定會大失所望；尤其是對某些只欣賞詩的文字的「外在美」的讀者，更得大大的傷心啦！然而何

不讓我們從另一個角度去欣賞？關於這一點，我們必須注意到愁予的古典內涵。

讀愁予的詩，常有似曾相識的感覺，因為他所寫的東西常是古人已寫過的。重要的是，他能輕易地將舊的意象組合成新的佈局，由舊路中新闢天地：

　　東風不來，三月的柳絮不飛（〈錯誤〉）

「東風」、「三月」等陳腐的意象由「不來」、「不飛」而有了新生命[1]。愁予的才情大抵若是。〈錯誤〉是他早期的代表作，我們不妨拿來和《燕人行》中的〈踏青即事〉比較一番：

　　〈踏青即事〉之三
　　徑隱
　　院蕪
　　籬散
　　簷曲
　　灶小饌得兩人
　　樹斜紅過三窗
　　泥細的
　　塘淺的
　　種蓮呢還是
　　任它恣意漫生些
　　菰蒲？

1　參看楊牧的〈鄭愁予傳奇〉一文，《傳統的與現代的》（洪範出版）及《鄭愁予詩選集》（志文出版）二書中均有收錄。

這首詩大概是《燕人行》中最別致而發人思古之幽情的了。這種氣氛
的經營就是得力於一些古意盎然的意象。詩之至於第三段忽然開展，
而以問句結束；答案當然是肯定的──任他恣生些菰蒲。這種意象上
的安排，最見愁予的詩心。要知詩人的語言可以變、風格可以變，但
要改變他的內涵，恐怕是輒乎其難的了。因此在我們欣賞〈燕人行〉
時，若能從愁予的古典內涵出發，相信是不會失望的。（作者寫作時
為再興中學高中生）

──選自《再興月刊》（1983年9月）；

《現代詩》5期（1983年12月）

鄭愁予《雪的可能》中的語言經營

季紅

　　鄭愁予的第三本詩集《雪的可能》新近出版，我想用這篇短文略略談談他對語言的幾種經營策略和方式。我的動因有二，一是鄭愁予活躍詩壇三十多年，他的創作力不減，讀者對他的喜愛不減，而且今日的讀者對他喜愛的理由亦如三十年前的讀者一樣，他們說：他的詩，語言鮮活貼切、易懂，但不是無味的平白，而有一種難以捕捉的美。另一個動因是：我們顯然無法接觸到本質，除非透過形體。對詩來說，任何可以稱為本質的東西，都要透過語言這個形體（形式）才有呈現出來的可能，就如生命的本質必須要透過形體來活動並呈現出來一樣。

　　愁予經營語言的方式之一，可以由〈貓與紅葉〉一詩來說明。請先看該詩的第一節：

　　　那貓，自窗之明臺一躍著地——
　　　詩人來信了。
　　　端午的青葉是重陽才戚戚而紅的，
　　　這一聲問候比之夏天的嘩笑還綿長……

　　首先就詩中意象來看。順著詩行讀，有四個意象——貓、信、紅葉、問候一一浮現。這些原本都是平淡無奇的事物，如非經詩人的經營，只不過些概念，但一經詩人的捏塑，它們便凸顯為意象——鮮

明、生動，一如眼前活動著的具體事物。

　　要事物的本質從概念的囚禁中釋放出來，詩人可以覓尋原始的（概念前的）語字直現它（海德格謂：用本質的字給事物的本質命名）；詩人亦可以將語字孤立起來，從而脫開概念的束縛；亦可以用並置或對比，以逐開物我間以及物物間成為定見了的關係，而使某種新的關係或新的秩序彰顯出來。但是愁予在這裡所用的是另一種辦法，他的辦法是用感覺性的字去作細緻的刻劃。一開始鏡頭就對著貓和牠鋸坐的窗臺，且隨著牠運轉：牠一躍著地 ── 牠奔向信（紅葉）── 牠怔怔地呆在那裡；此時，另一個回憶性的鏡頭溶入；端午節過了 ── 盛夏過了 ── 重陽來了；樹葉由青翠而戚紅 ── 景象由明亮而幽沈；這時呆望著的貓想著一聲問候。

　　此處，詩人的策略似乎是要用這樣細膩的動作和情節造成一種氣氛、一種背景，使各個意象甚至讀者的心同在其中活動，但意象與意象間的銜接仍留給讀者去聯想。這樣，詩中便有顯有隱；有已說的和未說的；易懂的與難以捕捉的。這種營建一種氣氛（背景）的策略，見於許多詩中，「登音橋」的第一節最足以說明這種設計及其功能，這節詩（也許還包括第二節）的存在，似乎只因「登音橋」是在那樣有情致的背景中，而成了橋的不能割捨的一部分。

　　再看結構。詩的結構依意象和意境的生命自然而發展交融，不依邏輯的思維路線。〈貓與紅葉〉第一節中的四個意象攀援發展及分歧變形的過程是這樣的：

在第一節詩中	在第二節詩中	在第三節詩中
貓：等信者 信 ┐ 紅葉 ├ 三者互喻互指 問候 ┘	貓：一介貴冑、遊獵者 雁：送信者、 　　本身又是信息	遠鐘 ┐ 古歌 ├ 一種信息，但 落葉 ┘ 非書信 貓：無書信

這些，只是我的一種讀法，讀者當然可以有不同的讀法。愈是好詩，愈有不同讀法的可能。詩給人聯想的自由。

接下來讓我們也一瞥詩中的語句結構以及某些值得注意的語詞（字）。

這首詩的語句結構嚴密而完整，這當然是因為作者要凸顯意象的努力所附帶導致的。然而句與句間的聯繫則是寬鬆的，好讓讀者的聯想參與進來。應該指出的是第三句中的「重陽」造成語法上的歧義，因為作者故意不說是「因為」重陽，也不說是「到了」或「過了」重陽。其次，句中「戚戚」二字也造成語義上的歧義──它是表示色調呢？或是（青葉、或任何主體）因憂戚所致的呢？這些歧義使意象更加豐富起來。此外，「戚戚」與「紅」結合在一起，新奇而貼切。熟悉愁予的讀者對他這方面的能力當不陌生，新的讀者也可在本詩集中發現類似的例子，如頁九：「一撮銅臭學者的蠅蠅」、頁七〇：「面臨八百尺青虛虛的立壁」及頁一一八：「教堂便徒徒如一艘單桅出港的船」和「霧漸輕，陽光曖曖」等。

再回到〈貓與紅葉〉的語言經營上來。在《雪的可能》詩集中，有許多詩的語言經營方式是與〈貓與紅葉〉相同或相似的，如〈重檢「雪的可能」〉、〈讀舊作竟不能自已〉、〈曇花再開〉、〈甬廊〉、〈疊衫記〉、〈對飲〉、〈烈日〉、〈穿霞彩的新衣〉、〈玉米田〉等。我把〈重檢

「雪的可能」〉全詩錄下,請讀者印證參照。

> 冬日是兩個綿長樂句間的
> 替歇。兩集暖馥柔麗的手掌
> 為何捧著冷冷的一捧
> 畫雪?
>
> 雪溶流過指間是淚的模樣
> 隔室
> 傳來女兒的琴聲
> 樂句指多梳過我的白髮也是
> 雪的可能
>
> 又記起母親了
> 白髮和淚的
> 雪的可能

比起〈貓與紅葉〉,這首詩著墨較淡較少,但意象深刻清晰,雪和髮、捧著的雪和捧著的髮;雪溶、髮散;雪水、淚水、髮縷;眼前自己的、思念中母親的……重疊幻化、層層交融。

愁予在本集中也有直現對象之作,但在數量上不及他的第二本詩集《燕人行》中收錄的豐盛,在此集中僅得〈冬〉及〈飛越海倫絲火山瞰覽〉等三兩篇而已。直現對象(美感經驗中之對象)之語言經營方式可用〈冬〉詩的第一、二兩節來說明:

> 冬之天空
> 冷澈無魚

> 我俯視，有
>
> 啟明星芒，一如
>
> 硬朗閃爍的白髮
>
> 如果我漫行
>
> 倒影獨行於無塵的
>
> 深處。多麼的自由
>
> 這樣絕早

在詩末「後記」中作者說：好友亡故，一大早登山俯視海面，不禁自擬為亡者。詩的背景不重要，重要的是詩的語言是直接以原始素樸的字呼亡界為冷澈無物（魚）、為無塵的深處；直接呼亡者為自由、白髮硬朗發光——再無老死的恐懼。有了這些本質的字，無需額外的語字製造背景氣氛，也無需額外的語字去刻劃意象，因為對象已以其本質裡露，本然地存在著。

　　既是直現對象，因此任何言說性的話語插進來都顯得不宜，不論是哪一人稱的話語。為此，本詩第四節中「是我必須歸去的／時候」及末節中「友朋滿世／無緣同行／看來一切都是一個／無」，不知讀者的耳朵對於這個不同身分的「我」的聲音接收得下否？同樣，在〈飛越聖海倫絲火山腑覽〉詩中那個「我」的聲音也能接收否？

　　《雪的可能》中作者對語言的另一種經營方式，是以整體語言為對象。前此，我在一篇討論語義與語境的文章中曾指出：現代詩至目前已發展出以整體語言表現詩的意境，不再特意經營個別意象。我在那篇文章中舉了兩個詩例，現在，《雪的可能》中也有不少很好的例子。請看〈八月夜飲〉第一、三兩節：

> 然後，我們仰臥

把腳踝伸入愛荷華河無聲的流水

張開嘴向著夜空，等候從空了的酒瓶中

滴下蛟人的淚珠

等數到第七顆的時候

我們才滿意地把瓶子丟掉

然後，我們坐起來

審視每一匹草葉上

露珠如何擁抱一個世界成為圓

然後，我們仰臥

隨手拔一匹小草拿來咬著

然後……做什麼呢？

例子中各節的語言是散文的，因為各句語法完整，語義飽滿，且句與
句間銜接緊密，整節語義也完滿充足。但全篇整體讀來，卻是詩的，
因為在整體結構中，各節語義在其特有的形式下一一鎔鑄成意象，進
而鎔入一個整體意境。換一種說明方式：〈八月夜飲〉各節可以記
為：「然後，Um／然後，Vm／然後，Wm……」儘管各節中的語句
及其語義不同，但其意涵（信息）卻是一樣的，即：生活，它有時讓
我們感覺竟是那樣無聊，那樣無奈且無以排遣。然而鎔鑄為意象的，
卻不是這個共同意涵，而是各節中那個不奈仰臥又不奈坐著、隨便作
些無聊小事的「我們」。

　　〈山鬼〉是另一個例子，我們來看看它的第一節：

山中有一女　日間在一商業會議擔任秘書

晚間便是鬼　著一襲白紗衣遊行在小徑上

想遇見一知心的少年　好透露致富的秘密給他

也好獻了身子　　因為是鬼

便不落什麼痕跡

比起〈八月夜飲〉，此詩更為散文化，但是語言經營策略和方式跟〈八月夜飲〉並無二致。值得一提的是：作者似乎有意以此詩來實驗用說書體表現詩的可能，讀來有一種新的趣味。但是如果有人去學樣產製，恐怕這種趣味即不會再有。

　　詩不是別的，是當我們一覺醒來所見舊事物在這個世界中呈現了新面貌、新關係和新秩序。因此，詩人對語言的最高經營原則只有一個，那便是讓這個新的面貌、新的關係和新的秩序也能透過語言清晰確切地呈現出來，使讀者也能見到。

　　《雪的可能》包含著許多不同類型的詩，本文無意也無法對每一類型詩的語言都作剖析。我們雖然只談到其中三種，但大致已夠。最後，我想應該向讀者指出愁予語意的寬廣及他對不同語材——舊典、俗語、文言、俚語、甚至外來語予以換用、改鑄的能力。此外，他也能依需要將不同層次的語言（如文言和白話）揉合在一起。年輕的讀者往往會為這些所吸收，但得注意，任何本質性的字詞或語句，無一不是來自深刻的觀察與試煉，只在字堆中找尋，是沒有結果的。同時，也請注意，圓熟的語言來自圓熟的智慧，非僅知能或技藝而已。

—— 選自《文訊》20期（1985年10月）

建構山水的異鄉人

——論鄭愁予《鄭愁予詩集》

焦桐

一

洪範書店《鄭愁予詩集Ⅰ》（1979）是鄭愁予早期詩作最大規模的編輯，過去所出版詩集中較接近此書規模的是志文出版社《鄭愁予詩選集》，一九七四年出版，我高中畢業那一年。志文版收錄一百一十四首詩，洪範版收錄一百五十三首詩，後者顯然將前者曾經剔除過的早期詩作再收編進去，包括〈革命的衣缽〉、〈春之組曲〉等敘事長詩，兩書的編排次序也略有不同。

這部詩集，恐怕是臺灣迄今流傳最廣、最暢銷、影響最深遠的現代詩別集。許多文藝青年寫情書，總會抄幾行鄭愁予的詩句代傳情意。我甚至帶著它到金門服兵役。就在它長年熱賣時，鄭愁予卻好像封筆了，一直沒有繼續發表詩作。

於是這部詩集的藝術高度，儼然形成「鄭愁予障礙」。直到現在，我猜想，沒有一個習詩的選手，在他閱讀現代詩的過程，敢大言不曾讀過《鄭愁予詩集》。

我大一那年參加「華岡詩社」，開始練習作詩，並結識了幾個詩人，大家聚在一起談詩總還不免牽涉鄭愁予，彷彿那本詩集已成絕響，而多年不見創作的詩人則隱然被塑造為遙遠的傳奇。

一九八○年，鄭愁予出版《燕人行》，許多愁予迷覺得他退步了。

什麼是「退步」？它可能也意味著讀者沒有和詩人一起進步。一個選手面對自己創下的障礙，在沈潛那麼多年之後，重新出發，展現的是何等的勇氣與擔當？任何稍具抱負的創作者都知道，求新求變乃創作事業的鐵則。然而變就是蛻變，必定痛苦；不變則是停滯、腐朽。鄭愁予重新出發後又相繼出版了《雪的可能》（1985）與《寂寞的人坐著看花》（1993），尤其後者，更為他的詩藝拔起另一座高峰。

綜觀鄭愁予迄今已刊行詩集，《鄭愁予詩集I》與《寂寞的人坐著看花》堪稱前後兩座高峰。距初讀《鄭愁予詩選集》已二十五年，如今，我站在《寂寞的人坐著看花》這座峰頭，來回顧這部鄭愁予早年的詩集，看到他漫長的創作生涯中，以山水為主題或背景的詩作，一直持續在量產。

二

早期，他的山水詩多具現為一種浪子情懷。

鄭愁予有許多山水、旅遊詩，語境保持在出發狀態，〈貝勒維爾〉焦慮，急切，流露亟待遠航的渴望。〈貴族〉努力壓抑出發的衝動，乃嗔怪「西敏寺的霧」和「海外的星光」無端誘惑，又假裝不受一切風景的誘惑，「我不欲離去，我怎捨得，這美麗的臨刑的家居」。

一個不斷出發的陳述者，其陳述語境必然牽涉離別，其身影肯定是孤獨、寂寞，灑脫地浪跡天涯，堅毅地自我放逐，〈水手刀〉即斷然揮刀斬斷對任何地方的流連依戀，不停地開拓出一程又一程的風雨：

　　　　一把古老的水手刀

　　　　被離別磨亮

　　　　被用於寂寞，被用於歡樂

　　　　被用於航向一切逆風的

　　　　檣蓬與繩索……

　　一把古老的水手刀之所以能維持明亮鋒利，完全靠不斷出發的勇氣，揮刀斬情絲——被土地、人情所牽絆糾纏的情絲。不斷出發，乃企圖表現一種開拓精神；表現欲望的內裡，是浪漫想像的本質。

　　在陳述者的想像話語中，風雨有著浪蕩不羈的本性，熱帶島嶼是像愛情、像處女般的溫柔鄉，一旦被那溫柔鄉牽絆住，形同被禁錮被綑綁。陳述者想像中的行程雖然不免風雨飄搖，其實充滿浪漫情懷，甚至不乏歡樂，不乏驚險刺激的喜悅。然則他不見得要真的出發，流動自然比固著迷人，即將出發的情懷也比正在旅途上更迷人。

　　因此，鄭愁予早期詩的流浪語境，較多出發前的抒情想像，較少歸來後的滄桑。〈如霧起時〉雖然自稱航海而來，陳述航海故事卻毫無飽嚐風霜後的粗獷感，他喻海洋為女人，帶著含蓄的情色氣息，「敲叮叮的耳環在濃密的髮叢找航路；／用最細最細的噓息，吹開睫毛引燈塔的光」、「迎人的編貝，嗔人的晚雲，／和使我不敢輕易近航的珊瑚的礁區」。

　　流浪語境又經常布置為某種陌生感、遙遠感，這是一個異鄉的旅人很容易會有的感受，詩裡的陳述者隨時準備離去。〈老水手〉裡的老水手之所以上岸，不是因為寂寞或感歎遲暮，「你提著舊外套／張著／困乏而空幻的眼睛／你上岸來了／你不過是／想看一看／這片土地／這片不會浮動的屋宇／和陌生得／無所謂陌生的面孔」，上岸了，卻對岸上的一切無動於衷，他寧願在波浪起伏的海面上生活，想

念家鄉，也不會想在停泊的土地上定居。即使上岸，思維和感情卻在
記憶深處的另一片土地，「也許突然記起／兒時故鄉的雨季吧／
哎——／故鄉的雨季／你底心也潤溼了」。這個老水手顯然是齊默爾
（George Simmel）所謂漂泊的「異鄉人」，帶著隔閡意識與外界接
觸。

鄭愁予最膾炙人口的名詩〈錯誤〉最後兩句，流露隨時準備離去
的態度，「我達達的馬蹄是美麗的錯誤／我不是歸人，是個過
客……」，〈情婦〉裡的陳述者對他的女人來講也是異鄉人，以降低出
現頻率，來營造浪蕩不羈的性格，「我要她感覺，那是季節，或／候
鳥的來臨／因我不是常常回家的那種人」。另一首常被傳誦的〈偈〉
也表現漂泊本質：

> 不再流浪了，我不願做空間的歌者，
>> 寧願是時間的石人。
> 然而，我又是宇宙的遊子，
>> 地球你不需留我。
> 這土地我一方來，
>> 將八方離去。

鄭愁予的詩有一種流浪情意結，一種被空間固著的恐懼，他的陳
述者因此是永恆的浪子，到處漂泊，甚至自我放逐。〈邊界酒店〉流
露自我放逐的欲望，陳述者在邊界，憑窗喝酒，「窗外是異國／／多
想跨出去，一步即成鄉愁」，他一邊喝酒，一邊嘲諷接壤處的黃菊
花，「祇憑邊界立著」，缺乏實際漂泊出去的行動力；那些雛菊，當然
喻指謹慎的定居者。

齊默爾所謂的漂泊者，不見得是今天來、明天就走的那種人，而
是不與任何一個空間點有緊密關聯的人，也就是在概念上剛好跟固著

在某一個空間點相反。「異鄉人」的社會學形式綜合了漂泊與固著兩種特質。他可能是今天來、明天卻留下的那種人，可以說是一個潛在的漂泊者；雖然，他可能不再走了，卻沒有消泯隨時想漂泊的浮動性。在異鄉人與其他團體成員的關係中，空間往往顯現出親近、疏遠的糾結——與他距離近的關係較疏遠；與他關係近的，空間距離反而較遙遠。這種異鄉性常顯現出和定居社會之間的抵拒性和距離感。

異鄉性在鄭愁予早期詩作中俯拾皆是，〈鄉音〉最後一句悵惘地問，「為甚麼挨近時冷，遠離時反暖，我也深深納悶著」；〈歸航曲〉懷念汨羅江渚，決定離開定居處，「我要歸去了／天隅有幽藍的空席／有星座們洗塵的酒宴／在隱去雲朵和帆的地方／我的燈將在那兒升起……」，〈想望〉耽溺在故土的回憶裡，雖然如願漂泊在海上，「但啊，我心想著那天外的／陸地——／／我想著那邊城的槍和馬的故事／北方原野上高粱起帳的季節／我想著／那灰色的城角閃金的閣樓／一步一個痕跡的駱駝蹄子／而我也想著江南流水的黃昏／湘江岸上小茶館的夜／和黔桂山間抒情的角笛……」，〈旅夢〉處理浪子返鄉，詩裡的浪子顯然常常想像家鄉，夢見家人，在近鄉途中卻不免怯情，「不必讓我驚醒吧／我仍走在異鄉的土地……」，可見漂泊的浪子疲倦時也渴望回家。

然則家在哪裡？《夢土上》裡的家在如夢如幻的山上，森林之上，寒冷而孤寂，想像應該有人倚門等待，卻什麼也沒有。家，終於只是一塊夢土。這是屬於異鄉人的雙重失落，離去和歸去的雙重失落。

因此鄭愁予詩裡的浪子雖然故作瀟灑，卻總是神色憂鬱，進行一趟又一趟的感傷之旅。他布置的場景經常是黃昏，是海洋，是邊城，是陳述者在路途上，或準備離別、想像返回的時候。這樣的情境，不僅是單純的描山繪水，也擔負了另一層次的任務。〈野店〉裡所布置

的黃昏邊境,「有命運垂在頸間的駱駝／有寂寞含在眼裡的旅客」,即以曠野、邊疆風光為喻辭,喻現代詩人的拓荒事業,為荒涼的世界亮起一盞溫暖的燈。

三

鄭愁予酷愛大自然,他的詩表現為強烈的山水召喚,〈武士夢〉第一句以山水勾勒肖像:「想起塞邊的小潭被黑鬚的山羊獨飲」,此詩副題「軍校入伍期滿對鏡而作」,詩人臨鏡端詳自己的五官,看見鬍髭茂密,看到的竟是高山風景。

現代詩人山歌詠山水者頗多,卻鮮有人能像鄭愁予將山景描寫得十分動人,他筆下的山,不是憑窗遠眺,而是足履踏勘,充滿實踐感、臨場感和動態感。〈鹿場大山〉寫登山隊伍曲折穿行在密林裡,終於攀爬上山頂,乍見雲海的情景,「許多竹　許多藍孩子的樅／擠瘦了鹿場大山的脊／坐著吃路髮森林／在崖谷吐著雷聲／　我們踩路來便被吞沒了／便隨雷那麼懵懂地走出／正是雲霧像海的地方」,憑窗遠眺的山景只有距離美、朦朧美,看不清楚山中的植物,和瞬息萬變的天氣,也看不見大山因過度雄偉龐大所予人的驚懼之美。

從前我也登山,深覺臺灣最美、最有氣魄的風景是三千公尺以上的高山,鄭愁予〈五嶽記〉一輯二十首詩,描繪臺灣的高山,是山癡在登山後的藝術生產,是對臺灣自然山水的禮讚。〈霸上印象〉一開始這樣描寫大霸尖山的情景:

不能再東　怕足尖踢入初陽軟軟的腹

我們魚貫在一線天廊下

不能再西　西側是極樂

隕石打在粗布的肩上
水聲傳自星子的舊鄉
而峰巒　蕾一樣地禁錮著花

在我們的跣足下
不能再前　前方是天涯
巨松如燕草
環生滿地的白雲

這是標準的鄭氏修辭，從借景、融景、變景到入景，乍看有點危疑險奇的布局，忽如山路轉彎，豁然開朗。「隕石打在粗布的肩上／水聲傳自星子的舊鄉」所描寫應該是大霸尖山霸基，大霸尖山外形像一把利劍指向天空，尤其是北壁，那危峰矗立在稜線上，霸基前的風口，是一道瘦瘦的稜線，狂風亂吹，威脅著每一個通過的登山客；霸基崖下，水滴如雨——自峭壁滴落，不時還有碎石滾落。拜訪過大霸尖山的讀者，當可能體會鄭愁予高山寫生的功力。

　　除了地理風景，鄭愁予的山水詩也不乏人情掌故，如〈浪子麻沁〉裡的「麻沁」，應該是泰雅族的高山嚮導兼揹夫，此詩敘述麻沁的行徑和故事。

　　登高山是一種重勞力運動，藝術生產則是心智活動，兩種活動在鄭愁予的山水詩中快樂地融合，有時呈現壯闊的大遠景，有時表現中景、近景和特寫，如〈馬達拉溪谷〉寫登山隊伍歡欣來到大霸尖山的登山口——馬達拉溪口，「那耽於嬉戲的陣雨已玩過桐葉的滑梯了／從姊妹峰隙瀉下的夕暉／被疑似馬達拉溪含金的流水／愛學淘沙的蘆荻們，便忙碌起來／便把腰肢彎得更低了」，這五句詩有大遠景（山

巒間的夕陽、金黃色的溪水），有中景（溪畔低垂的蘆荻），有特寫
（桐葉），陣雨初霽，黃昏時來到登山口，便被美景震懾住了。又如
〈北峰上〉，寫高山百合和彩虹，各種鏡頭紛陳：

> 歸家的路上，野百合站著
>
> 谷間，虹擱著
>
> 風吹動一枝枝的野百合便走上軟軟的虹橋
>
> 便跟著我，閃著她們好看的腰

從南湖大山下山的路上，疲憊不堪的登山客突然遭遇一大片野百
合，這些野百合因陳述者行走而跟著有了清楚的躍動感，和寒涼中放
肆的野豔。

鄭愁予早期建構的山水景觀，大量運用比喻語，尤其是擬人化的
修辭。〈十槳之舟〉喻卑南山區「是檢盡妖術的巫女的體涼」；〈卑亞
南蕃社〉以深山裡的巨樹為陳述者，「我底妻子是樹，我也是的；／
而我底妻是架很好的紡織機，／松鼠的梭，紡著縹緲的雲，／在高
處，她愛紡的就是那些雲」；〈探險者〉說「這兒的山，像女性的胸
脯」。大致上，高山，和山裡的樹木花草，在他心目中是美人，是用
來親近的，不是遠眺的。〈小小的島〉，「那兒的山崖都愛凝望，披垂
著長藤如髮／那兒的草地都善等待，鋪綴著野花如果盤」，山水之於
他，是一種象徵，是永恆的戀人。

四

鄭愁予的山水詩發展到《寂寞的人坐著看花》更宏偉，比早期節
制浪漫情感，這部詩集所建構的山水景觀，帶著一定的哲學高度，乍
看有點危疑險奇的布局，忽如山路轉彎，豁然開朗，呈現詩人的情懷

與悟境。

　　他的詩愈寫愈漂亮，左右逢源的意象，清楚而飽滿，象徵、比喻的運用似順手擒來，乾淨俐落。這些，都表現於對文字的講究。

　　對文字的擇善固執，已幾近潔癖的地步，這一點可以從敷色得到佐證，例如〈在回首中——瑞尼耳峰之一〉登山途中回頭看瑞尼耳峰，終年覆雪，如夢如幻，驚覺「所住的星球是月塘色的／擊鼓時的衣衫是／寒鷺色的」，「月塘」、「寒鷺」是只有在文化的色譜裡才找得到的顏色，是很複雜、豐富的顏色：月光映在水塘上，可能飄動著山光雲影，說不定還摻雜著木葉雨聲；寒鷺則是冬日之鷺，常見於傳統詩詞，如「野蓮隨水無人見，寒鷺窺魚共影知」、「印床寒鷺宿，壁記醉僧書」，帶著文化意涵，也召喚文化想像。

　　寫漁港的靜謐，以曲筆描繪充滿禪趣的港景，脆弱的海水，「偶逢一朵白雲／就撞碎了」；漁港的設色則是「蓮白的屋舍　骨白的燈塔／都是月亮的削片搭成的」，白與藍如此交錯，恐怕是夢境才有的顏色。

　　〈在長安過白色聖誕〉陳述聖誕夜，略帶童話趣味，「雪不厚剛好是天使需要的白」，以「天使的白」形容雪夜的聖潔美麗，這種白，究竟是如何的白法呢？天使，自然是呼應詩中的節慶；天使有所需求，自然是現實世界中有所匱乏，匱乏真正的潔淨和美麗。因此鄭愁予發明的這種顏色，其實暗藏了他對的時事的針砭。

　　描山繪水是鄭愁予獨步詩壇的絕藝，也最能展現鄭愁予式的魅力。鄭愁予愈老愈漂亮，基本上，他的詩音響繁複，節奏則是徐緩的慢板，連描繪氣勢磅礴的高山，也多以柔情寫陽剛，展現優美的中文詩抒情傳統。

　　　　　　　　　　　　　　——選自《幼獅文藝》545期（1999年5月）

《寂寞的人坐著看花》中的
禪思詩評析

高宜君

一　前言

　　以禪入詩是中國詩歷來的美學傳統之一，尤其是以「禪意」入詩，更豐富了詩的生命，提高了詩的意境。以禪入詩，可以深弘內容，提高境界。故自中國古典詩到現代詩，都不乏以禪入詩者。鄭愁予的詩也繼承了這樣以禪入詩的傳統，《寂寞的人坐著看花》一書是鄭愁予的晚近之作，經歷歲月的洗鍊，詩中表現出了「道家的豁達與不經意的禪意」，顯示出此階段的詩人之圓熟智慧。詩集中的許多詩作透露出禪機，反映出此時詩人心境提升到另一個境界。以下將《寂寞的人坐著看花》中富含禪意的詩分為「靈動超詣的無我之境」、「遠近俱泯的時空觀」、「靜穆觀照後的禪悟」和「化執得本心的超脫」四方面，分別論述如下：

二　靈動超詣的無我之境

　　所謂的「無我」，是主體與客體融合的結果，達到物我合一的悟境。中國禪宗認為：人與自然應圓融無礙地並存。打破了物我之分，超越利害得失，心靈無限自由，對所觀照的對象作心靈的投射，自然

充滿了靈動超詣的魅力。

在〈深山旅邸 I 〉中，詩人化身為松鼠，成為自然的一部分：

> 用雙手捧起一枚
> 松果　而不果腹
> 投宿於霧的生靈
> 呼吸便是雲霧
> 身體已是松鼠
> 我的習性連我自己
> 亦無需知道

詩人於深山中體悟自然，與之交融為一體，物我合一，人形幻化為松鼠，性靈舒放。身處深山，「呼吸便是雲霧／身體已是松鼠」，身在雲霧繚繞瀰漫中，彷彿化身林中松鼠，達到物我兩忘的境界。「我的習性連我自己／亦無需知道」，與自然融為一體，不必在乎自己為何物，只要盡情享受與大自然融合的快意。這裡隱含了超脫世俗的禪意，在愈單純樸素的事物中，愈能體悟心的簡單之境，可以超脫身心的羈絆，融入自然。

> 〈秋聲——華山輯之三‧登頂一刹〉
> 入山　我是山人
> 進洞　便成仙
> 登頂　又使我成為
> 虛無的中間代
>
> 天是大虛　地是大虛
> 在天地無可捉摸中

　　捉捉身邊的酒囊　還鼓

　　摸摸心　還溫

　　除了一番撫摸的感覺

　　千骸俗骨已在虛無中化去

　　而散入雲：成為淅瀝的秋聲雨

　　這有聲的意象

　　又恰巧是我凡間的

登華山頂，幻想自身已羽化成仙，進入虛無，唯一有形的是降入凡間的秋聲雨。登華山入洞隱遁修煉，有心修煉，便無入而不自得，「入山　我是山人／進洞　便成仙」，登頂後又成為「虛無的中間代」，天人之間的過渡，在這天地大虛中，「捉捉身邊的酒囊　還鼓／摸摸心還溫」，觸覺尚在，「千骸俗骨已在虛無中化去」，羽化成仙，卸下凡間軀體，只留下「這有聲的意象」之秋聲雨，這「又恰巧是我凡間的／名字」。秋聲雨恰是愁予的諧音，象徵軀體已幻化為無形，飄散融於天地大虛中，而留下的只是淅瀝秋雨，訴說曾有的人世點滴。此與〈山石上大風中登頂白山主峰華盛頓〉：「在空無的大化中／只留一片人形的花痕／印在／山石上」，以及〈夜雨〉：「我們乃還魂為熱帶魚／且在蓮葉的東南西北／盡情遊戲」的幻化境界有異曲同工之妙，皆進入了「無我之境」。而〈最美的形式給予酒器〉：「我醉著　靜的夜流於我體內／我已回歸　我本是仰臥的青山一列」，也可見得這種物我合一的交融之境。

三　遠近俱泯的時空觀

　　宗白華說：「一個充滿情趣的宇宙（時空合一體）是中國畫家、

詩人的藝術境界。」(《美學的散步》)這樣的藝術論是超越世俗的時空概念的,破除有限的束縛。「遠近俱泯的時空觀」即是「一種精神意志自由靈動的表現」。當靜心觀照萬事萬物,神遊太虛,心神便能自由穿越時空,「遊於物」,打破時空界線:

〈深山旅邸Ⅱ〉
月明
葉飄墜下
一字一字吟詠
贈別的詩　開窗
有碩長的吟詩者
樺木青白
隔著樹
亦有人開窗聽
蠟燭的光苗閃見
（飛蛾如夢）
滿屋子飄雪
一蕈一蕈融著

在寂靜的深山小屋中,卻仍感受到隱約的動態紛呈,葉落、開窗傾聽、火苗閃見、飄雪、融著,看似極其輕巧細微的動作,在這靜中愈加突出,靜動交織,益顯山夜之空寂。「深山旅邸」應是某次真實的旅行經歷,但詩人卻從現實的場景中抽離而出,到了另一個獨立不受干擾的空間,切換到滿屋子飄雪的空靈情境之中。空間的飛躍穿梭,讓心靈可以更自在清明。

〈最美的形式給予酒器〉
酒　是李白的生命

滌蕩千古愁　留連百壺飲
酒　是是杜甫的情誼
　　肯與鄰翁相對飲　隔籬呼取盡餘杯
於我　酒卻是自然
　　我醉著　靜的夜　流於我體內
　　　我已回歸　我本是仰臥的青山一列

詩人跳脫現實的處境，抽離當下的時代，跳躍時空，進入亦虛亦實的
境地，離開當下的立足點，穿梭歷史，遊走古今，想見李白、杜甫的
飲酒情懷，再與自身對照。

〈我是第五絃被你最後拍醒〉
沿亙古的洛水　一具琴悠悠載浮
這琴　是睡著的

載浮洛水如搖籃徐緩
一千歲仍是童稚　有浪從水中伸掌
拍醒　嫩幼的羽絃
竟化一道黑流逐魚去了

洛水載浮如鞦韆輕盪
兩千歲仍是少小　流螢以熵火的翅膀
拍醒　精細的徵絃
竟生一蓬紅火焚天去了

三千歲不再青澀　新汛漂來了斷柯
拍醒　拙樸的角絃

竟飛做落葉飄上青草的河畔
四千年於茲　這琴已成人
卻見月光長而白的拂塵
拍醒　剛勁的商絃
竟錚地碎成銀星飛殞
於是　五千年終到昨日了

昨日　我仍是睡著的
乘著載浮的琴從洛臨河
噫！是誰的手把琴捧起
我是第五的宮絃在最後被
拍醒
啊！是你
洛神　亙古至美的女子細喘可聞

然而
我竟化為一捧黃土
在河洛的吻接處
跌入這河
從此　河　就稱作黃河了

將琴與洛河作浪漫綺想，將古琴形象化，琴緩緩浮載於洛水上，隨歲月之流而漸次彈奏五音五絃，最後被洛神拾起，與黃河交接，遂成黃河。五千年、五行（水、火、木、金、土）、五色（黑、紅、青、白、黃）、五絃（羽、徵、角、商、宮），隨著洛水悠悠載浮，不斷地一一被拍醒，也不斷地融入每段的意象之中。詩人在虛幻的冥想世界中，化身古琴中的第五絃，最後被洛神拍醒，為故事畫下一個美的句

點。

　　鄭愁予自由地穿越時空枷鎖，心靈曲線在虛實之間來回擺盪，引來歷史、宗教和生命綜合的意識，開拓了詩所觸及的領域，引領讀者隨之穿梭古今，來回於各式場景中，打破了時空的藩籬，進入心的神遊世界，去體悟感受一切。

四　靜穆觀照後的禪悟

　　禪宗以一種「靜穆的觀照」的思維方式來審美，也就是蘇東坡所謂：「欲令詩語妙，無厭空且靜。靜故了群動，空故納萬境。」的心理境界。正因「空且靜」，故心無罣礙，詩的思維便能靈活且全神貫注。但「空且靜」並非一無所有的虛空，而是排除一切外在干擾，進行自由創造。由鄭愁予的一些詩作中便可看見這樣靜觀後的禪悟，將外界事物層層抽絲剝繭後，提煉出明澈的人生哲理與禪思。

　　〈日景〉
　　歡情在淺水
　　鳥聲滿枝椏
　　——今日有今日的落花

　　水邊嬉戲，鳥囀輕快，置身這歡樂愉悅的場景中，悟道：「今日有今日的落花」，此句極富禪意。既然花開花落自有時，何不以把握當下的態度，看遍這短暫的人間風景。明白所有美好的事物終有凋零的一天，不如「歡情在淺水／鳥聲滿枝椏」，盡情地嬉戲歡唱，把握這美好的分分秒秒。因為明白了生命無常，凡事自有定數的規律，因此更珍惜眼前。

　　在靜心體悟觀照萬事萬物之後，了悟了生命的因緣安排，便以一

種順應自然的態度處世：

　　〈夜〉
　　月落不計山海
　　讀老不辨經史
　　情在何處
　　翻到哪一頁
　　就算哪一頁

　　東望
　　月恆昇
　　西矖
　　月恆落
　　頁頁都是定數

世間情緣的起滅自有定數，只要順隨因緣的安排發展即可。這種隨遇
而安不強求的自在，真正體現了靜定的澹然。

　　禪意其實於生活中處處可見，不假外求，只要我們能用心體會，
無處不是禪。鄭愁予便在日常的生活瑣事中提煉出了一種禪的意味。

　　〈烤羊腿的程式〉
　　一排掛著的羊腿
　　　如白玉雕刻的
　　　裸肩的觀音
　　卻入定　以大悲接受
　　火刑的順序

詩人由世俗平凡的烤羊腿，聯想到替眾生受苦難的觀音之從容靜定，

足見其佛性慧根。把潔白的羊腿想像成有如白皙聖潔的觀音，再普通
不過的羊腿，被架在火上等待受刑，變為人類的佳餚，卻能將它比喻
為冰清玉潔的觀音，二者原本風馬牛不相及，卻能透過奇妙的聯想，
把世俗不起眼的事物幻想為脫俗神聖的象徵。最後羊腿「卻入定　以
大悲接受／火刑的順序」，以靜定堅忍的慈悲接受試煉，似基督救贖
眾生。從平凡的口食之欲的烤羊腿過程中領悟到佛性的哲理智慧，詩
人慧心獨具，乃能於凡俗中參透禪機。

　　〈夜宿谷關一未落成的寺內──中台灣小品之一〉是詩人夜宿寺
院興起的感發：

> 夜宿於此　自己覺得就是
>
> 經秋猶未落成的
>
> 山寺　胸懷清清寂寂
>
> 尚無鐘鼓安置
>
> 木木四肢　如未之彩繪的
>
> 梁棋　乃步出寺門
>
> 權充一頭石獅
>
> 就地蹲著
>
> 我祈望此身永不落成
>
> 鐘磬未脫嗔愛
>
> 香火總是痴愚
>
> 雖云我佛在心
>
> 卻羞於開光
>
> 觀照世人

夜宿寺中，貼近自然，詩人感到自己彷彿已化成山寺，尚未修建完成
的山寺恰似自己尚未完全悟道的內心，猶未落成的清寂空敞一如其

心，如此的質樸自然，素雅純淨。且化作「一頭石獅／就地蹲著」，
守望著山寺，表現出詩人隨性自然的一面。「我祈望此身永不落成」，
但願不要太快達到修行的最高境界，尚要在紅塵俗世遊走。此句也暗
示了想要保有一種不斷精進的姿勢，寧靜中隱含一種蟄伏待發的動
能。因為自知「鐘磬未脫嗔愛／香火總是痴愚」，未徹底脫離人世俗
務之擾，卻也想繼續沾染紅塵，體會感受世間種種，歷經七情六慾與
生離死別的生命過程。雖有佛心，「卻羞於開光／觀照世人」，自覺尚
未徹底六根清淨，無法到達無欲無求的境地。「人生自是有情癡，此
恨不關風與月」，塵緣難了，雖有佛性慧根，卻也難捨紅塵情欲。詩
人悟到了佛心禪境，卻也真誠地面對自我，明白自己尚未完全到達萬
法皆空的境地，這樣誠實地貼近本心，面對自我，足見其追求禪境、
禪意之歷程與其掙扎矛盾之顯現。

五　化執得本心的超脫

　　《六祖壇經‧定慧品》：「善知識，我此法門，從上以來，先立無
念為宗，無相為體，無住為本。無相者，於相而離相；無念者，於念
而無念；無住者，人之本性。」此三者，可以視為禪宗美學的基本意
涵。而愁予詩中亦可見得此三者的共同特性，即放下執著，撥開塵務
的迷霧，「不以物喜，不以己悲」，識得本心，內外自在，臻於通達無
礙得超脫之境。

　　　〈靜的要碎的漁港〉
　　　我穿著白衫來
　　　亦自覺是衣著白雲的仙者
　　　而怎忍踏上這白色的船

　　她亦是白衫的比丘

　　正在水面禪坐著

　　而她出竅的原神坐在水的反面

　　卻更是白的真切

　　我也坐下　在碼頭的木樁上

　　鄰次的每一木樁上

　　都有白衫者在坐定

　　我知道他們是一種白衣的鳥

　　他們知道我們是一種白衣的人

　　藍天就印出這種世界

　　我與同座的原神都是

　　衣冠似雪　而我的背景——

　　蓮白的屋舍　骨白的燈塔

　　都是月亮的削片搭成的

　　　港灣弱水

　　　靜似比丘的心

　　　偶逢一朵白雲

　　　就撞碎了

　　此詩充滿禪學意味，藉我與鳥感受靜謐出神的超凡脫俗境界。題目「靜的要碎」，靜極，脆弱，一碰即碎，以靜謐的漁港象徵心境的幽靜。詩人一身白衫，仙風道骨，與白鷺鷥同樣潔白素雅，不染塵俗。首段點出我與鳥的存在，物我間的共性，都是白色。第二段指出我與鳥同時存在一個空間的物我交感。第三段我與鳥形似而神同，除

了外觀上的白色，也意指精神上的潔白無邪。第四段寫靜定之境的脆弱，不容侵犯。全詩出現的白色意象，象徵純淨、潔白、簡單、無中之有、閑靜。在這白色貫穿構圖下，顯出逸塵絕俗的超脫禪境。

　　詩人浪跡天涯，走過千山萬水，最後看破一切，淨空心靈，回歸到最空敞的本心：

　　　　〈嘉峪關西行〉
　　　　就在此處　　我趺坐　　等候
　　　　任由經卷歸與諸佛
　　　　則我的心是敦煌最空敞的窟

完成千里跋涉的使命，還經予諸佛，亦將心還諸天地，開敞心靈，保持虛靜，一切歸零，以能廣納萬物。

　　當心靜了下來，徜徉在廣闊草原上，仰望星空，自有一番新的領悟：

　　　　〈草原上‧觀天象〉
　　　　北極星是宇宙短促的曇花
　　　　只有在大草原仰觀天象
　　　　才能悟到

北極星即使再如何光亮，亦不過是宇宙間的曇花一現。人生光輝燦爛的巔峰短暫如曇花，往往只是短暫一現。身旁周圍的許多事物，當我們都對它習以為常，司空見慣後，似乎就提煉不出一點新意。其實只要靜心沉澱，瀝盡所有雜質，事物的新貌就會紛紛出現，而其中蘊含的人生哲理亦不言而喻。唯拂去心上灰塵，恢復純淨本心，方能體悟那最短暫乍現，稍縱即逝的生命中最璀璨珍貴的價值。

〈火煉〉

煉自己成為容器

不再是自己而是

大實若虛

此所謂爐火純青

是容飛蛾即興闖入

過癮而不……

焚身

在修煉心性上，要拋卻既有的外在形體，不囿於世俗的形象，洞察最真實的自己，修練本心，歸零之後再重新出發，使能達爐火純青之境，包容承載更多更廣，將自己提升到形神不滅，虛實相生的境界，唯有入定，方能得道。放下我執，尋回本心，散發超脫後的智慧光芒。

六　結語

在現代詩的領域中，周夢蝶尤以詩中的禪意著稱，但是表現的方法則與鄭愁予不太相同。根據曾師進豐在《聽取如雷的寂靜——想見詩人周夢蝶》中對周夢蝶詩「禪意與悟境」的剖析，周夢蝶詩中表現詩意的方式有：「引用佛典禪語或吟詠佛跡」、「寫生老病死無常的詩，或借用某些特定詞語」、「以冷、雪、白蓮、孤山、風月等語詞」、「自然流露清涼禪趣」來引出禪意。愁予雖有些詩亦以禪佛為題或見於詩中語句，但畢竟屬少數；愁予也用一些特定詞語來營造孤寂感，但卻與禪境較無關係；至於周夢蝶和王維一樣，喜歡以「不答之答，形成一種跳躍，一個懸宕，製造思維上的某種『空白』，任由想

像的無限馳騁」來造成禪趣。這種問而不答的方式則是鄭愁予禪意詩中
所缺少的。儘管鄭愁予以禪入詩的手法與王維、周夢蝶多有不同，但
相同的是皆是以靜穆的觀照去體察萬物表象之外的底蘊，用一顆敏銳
的詩，淬煉出人生哲思與無盡的禪意。

——選自《中國語文》98卷6期（2006年6月）

從《寂寞的人坐著看花》
談鄭愁予的生命情懷

高宜君

一　前言

　　鄭愁予是臺灣著名詩人，名作〈錯誤〉譽滿詩壇，被譽為「現代抒情詩的絕唱」。本文以《寂寞的人坐著看花》中的詩作為主軸，探討詩中透顯出之生命情懷，略分從「生命無常」、「大實若虛」、「返璞歸真」、「還魂再生」四個面向析論，藉以了解此一階段詩人及其詩作所展現的生命智慧與成熟風韻。

二　生命無常

　　人至中年，歷經了生命的種種考驗與磨練，看盡了生離死別，詩人常在詩中流露其對於生命無常的體認。明白生命的際遇乃無可逆料的，起落順逆皆是生命的一部分。

　　〈愛荷華喪禮　1空宅〉
　　暴風雨踢躂而過　僅是昨夜
　　這美國心臟尚不及接納
　　今晨曝目驚魄的陽光

> 藍空覆蓋　浮雲有一種
> 難以捉摸的春意

　　生命的無常就像天氣變化一般捉摸不定，藉天氣驟變象徵生命之無常，又將生命的變化比喻為浮雲，浮雲飄散不定，就像人生際遇難以逆料，變幻莫測。生命是短暫的，其中的美好也有時盡，並非一種常態：「蜿蜒的山道　寂靜／宅子空曠　初晴的下午」，寂靜的氛圍，難得的暖意，本該一家人歡度共享的，怎知世事難料，主人走了，家人們亦送葬去了。詩人用環境的寂靜空曠來暗示人去樓空的內心寂寥。

　　但是儘管生命無常，我們仍需繼續向前行。「迷濛處走出鹿群像往常一樣／在午後覓食」，詩人肯定了面對生命無常的積極態度，並非逃避抗拒，而是既然這是生命之本質，便要面對它這才是面對生命無常的因應之道。

　　體認了生命無常的本質，詩人也將生死視為自然的一部分，死與生一樣自然，死不過是自然現象之一，與自然一樣來去無跡：「墨蔭掃來／把墓銘抹掉」（〈耶魯果儒芙墓園〉），生死來去無跡，忽隱忽現。詩人豁達的看淡死與生之分別。

　　〈在渡中〉一詩中，詩人認為人生是一場永不靠岸的航行，無渡：

> 旅人終要
> 試著自己登岸
> 而所謂岸是另一條船舷
> 天海終是無渡
> 這些情節
> 序曲早就演奏過

　　短暫的停泊靠岸只是另一個起點。此時的詩人了悟人生就是流浪的，因為終點與起點同一，所以便處處可以為岸，處處可以安定。人在天地之間是無法結束航行的，生命一再循環，人生需不停地向前行。生命的劇本早已寫好，這些故事情節出生時早已注定，只需順隨自然，把握當下，依循人生樂譜盡情演奏，享受生命樂章的美妙，因為活著是為欣賞人生沿途的風景，而不為抵達終點。

　　詩人對生命抱持順隨自然的態度，從〈夜〉一詩也可以看出：

> 月落不計山海
> 讀老不辨經史
> 情在何處
> 翻到哪一頁
> 就算哪一頁
>
> 東望
> 月恆昇
> 西矖
> 月恆落
> 頁頁都是定數

夜思悟及生命情緣的起落，一如自然，自有其規律定數，只需順隨因緣，無須強求。「月落不計山海」，不管落向何處都是回歸自然。只要了解人生的書冊「頁頁都是定數」，人生的情感緣分就如大自然的規律一般，萬般皆有定數，試著放下執著，隨喜自在，也許面對無常的一切就更能釋懷，也許就沒有太多無謂的喜怒愛憎之情緒糾葛。

　　此外在〈自畫像〉中也可以看出他這種生命的自然觀。首句「畫晴日迎客／白雲之暖聚」寫情緣之起聚，末二句「畫晴日送客／白雲

之消散」寓情緣之散滅。藉自然現象之起滅來比喻生命情緣之聚散，萬物皆是自然，適然待之即可。

三　大實若虛

詩人體認了生命之無常，也了解到生命的一切都是自然的一部分，明白順其自然的人生態度，但是面對現實的種種磨難與挫折，如何去修持一顆心來因應無常多變的人世，也是極其重要的。從〈雪原上的小屋〉可以看出詩人對心靈的歸宿之追尋是十分重視的：

> 我將跋涉這雪海
> 一步一步地⋯⋯
> 像水手朝著棄了的船
> 一臂一臂地
> 游回去
>
> 我的木屋
> 等待生火

「一臂一臂地／游回去」意指跋涉回家之艱苦不易，縱使須在冰天雪地中忍受寒凍與孤寂，還是願意奮力游回家，表現出對回家之熱望。心靈的家是雪海中飄零身影的唯一避風港，因為「我的木屋／等待生火」，等待我回去，升起熊熊之火，溫暖經歷風雪的疲憊身心。

那麼該如何修煉一顆心使成為靈魂的依歸？在〈火煉〉中可以見其修心之道。煉性情也煉身心，使達到虛壹而靜的境界，通過層層試煉淬，方能承載容納更多。「焚九歌用以煉情」，用《楚辭・九歌》的動人真情來試煉入世情懷；「燃內篇據以煉性」，以《莊子・內篇》出

世超凡的境界來修養心性。「煉性情之為劍者兩刃」，性情為利劍二刃，為人個性之一體兩面，皆可用之處世待己，與現實磨合，也與本心激盪。這些修煉的種種方法，其終極目的無非是為了「煉自己成為容器」，使心能承載萬事萬物，使自己「不再是自己而是／大實若虛」。脫離軀體之形，提升到精神更高層次，表面上看似虛空，實際上則廣納涵容萬物。虛空之境能使萬物源源不斷融入，最後達到「過癮而不⋯⋯／焚身」，形神不滅，歷經千錘百鍊，形體與心靈皆昇華到不滅的境界。如此一來，面對人生的種種變與不變，不再迷惘苦惱，不再執著憂煩，而是用「虛靜」的心去承受去應對，更能泰然自若地徐行人生路上。

四　返璞歸真

詩人年至耳順，遊遍千山萬水，歷經窮達順逆，看盡人間風景，浪漫不羈之心已逐漸倦怠於向外揮灑征逐的日子，慢慢收斂起曾經外放的心，渴望回到心靈的歸宿，回歸天真單純的自我。因而從早期的浪子意識回歸到內心世界的探索，繁華落盡，但見心之真淳：

〈在渡中〉
因之我們拋卻所有的慾念
如海天只餘下藍

詩人想要回復純粹的心靈，顯現出自我追尋內在生命之渴切與熱望。

詩人尋求內在生命的本初，自然不免憶溯至前生。在〈冰雪唱在阿拉斯加〉中自比為「思想的狼」，與同伴「各自追祭往世」，緬懷往日回憶，思索過去。且對今生前世都做了因果相繫的對照：「我所以

今生是思想的狼／前世是獵人」，所以今生尋覓、冥想、奔馳、前進、逃，求知若渴，為的是知我、知天地、告生死，而前世依然尋覓，追求自我與前前世的記憶。末句「我聽見出神的冰雪也和我一同唱著」，呼應題目「冰雪唱在阿拉斯加」與「面對圓月如面前前生那般唱著」，吟唱著生命之歌，思索此生與前世的因緣，心境冷靜澄明如冰雪。

除了自擬為「思想的狼」，詩人在〈夜雨〉中也幻化為一尾悠游水中的熱帶魚。在風雨雷電的洗禮下，「我們乃還魂為熱帶魚」，前世為魚，「且帶蓮葉的東南西北」任情嬉戲悠游，這是詩意的復古，回歸古典，同時也是心靈的歸真。借用古詩的質樸真淳來反映心靈返璞歸真之熱望，渴望卸卻人形及外在的種種束縛，幻化為一尾無憂的熱帶魚，物我兩忘。

對心靈的回歸遠溯至前世，也表現在對童年的追尋，對遙遠記憶的思念。〈草原歌〉：「那載乘童年的馬與車」，象徵生命與記憶，而「忽然一顆礫石滾來腳下」，「豈不就是那風化了的童年」，歷經歲月的洗滌，一路追尋的童年於焉到來。

歸真是身心的雙重回歸，心靈純淨，外表也自然樸實，「蕭髮爽然如一管洗淨的彩筆」（〈自畫像〉），洗盡塵俗鉛華，還原樸素無華的真實面貌。甚至變回一個不解世事的孩子，在〈耶魯果儒芙墓園〉中，「說故事的孩子」可視為一個對死亡不以為懼的孩子，或是墓裡的亡者，已歸真還原為小孩。〈我彈響自己——遊蕭邦故居〉中，蕭邦的故居、樂曲觸動了詩人心靈深處的純真自我，也由蕭邦之偉大顯見自己之渺小。「我彈響自己」意謂喚醒最初的自我，一派天真。最後「竟還原為受洗的嬰孩」，返回生命之初，彷彿見到「一個嬰孩吮著手指」，還原為天真的嬰兒，返為本我。想像中的歸真與現實中的自己正「獨自坐著」，聆聽著心靈的獨白，回憶屬於蕭邦的美好時

光，也懷念自己童稚時的純真。

五　還魂再生

　　詩人看盡自然山水，將此體驗移植到對生命的關照上，悟到「擁懷天地的人／有簡單寂寞」（〈寂寞的人坐著看花〉），由於眼界看透了許多事，心因而變得簡單了。無常與死亡本就是自然規律之一，因此看透生死，便能無所畏懼。詩人坦然面對死亡，相信死亡不過是另一種再生，是生命的終點，卻也是另一個生命的起點。以〈愛荷華葬禮2 靈堂〉為例，親臨靈堂，感受到斯人音容宛在，未曾遠離，就如「圍坐在說故事的老師身邊／啊　正像我們……」，圍在他的身旁，彷彿他不曾遠離，依然與我們相伴。友人的靜止「是讀了一節詩後微微的停頓」，彷彿肖像裡的人依舊有思考能力，依舊活著，只是暫時若有所思，稍作停頓罷了。因為，望見他的「眼神依然童稚」，純真依舊。

　　生死之別「正像這維多利亞式的靈堂／用典制隔開歸真的世界」，靈堂隔離生死，用這樣的儀式來隔開活著與歸真，就像「雪松沿著起伏的田疇／遮住通向遠方的大道」那般的阻絕，畫出生死界線。受阻絕之時，「而忽然四壁開敞／那遠行車啟輪的樂音／我們聽見……」，忽然天地開闊，阻隔的田疇開敞，「牽著馬在湍流中佇立」的「美國孩子」反動車輪，啟動另一個旅程，「通向遠方的大道」，永別了今世，走入另一個生命的起點。

　　在〈愛荷華喪禮　3 葬地〉中，我們可以看見生死之隔也無損於情意的滋長，因為愛的回憶「其實是埋在我們的心田中」，在心中種下思念的種子，「埋下千萬畝田疇聚成的一粒種子」，讓它去萌芽成長。友人的生命就如「愛荷華將無盡的生長」，由於情思綿延不斷，

以致生命得以再生與重現：

> 在我們筆耕的時候
> 在我們飲酒澆乾旱的
> 時候　啊　生長
> 在與孩子們說詩說愛的時候……

　　無論寫作或飲酒，思念的種子不斷成長茁壯，彷彿友人一直陪伴著我們生活，逝去的生命也得以復活。

六　結語

　　詩人明白了生命無常之本質，本著順應自然的生命態度，在有限的生命中盡其在我，尋求無限的發展，譜寫動人的生命樂章；修練身心，使能面對人世無常的種種衝擊，追尋生命的本初，回歸純真的本我，返回純淨的心靈。因而儘管生死有時，亦能參透，將死視為另一次重生的起點，還魂而來的，將是另一次生命旅程的開展，將生命提升到不滅不敗的境界。《寂寞的人坐著看花》滌淨凡俗塵垢與喧囂，淬礪出通達的生命智慧，展現為卓然的生命風華，這般洗鍊沉澱後的生命情懷，值得細細品味。

——選自《國文天地》22卷4期（2006年9月）

（三）

愁予呵氣

河中之川
——與鄭愁予對話

林燿德

　　問：一九六八後的近十年期間，愁予先生您的新作在國內幾乎沒有出現，一直到七八年後才「復出」，文體丕變，由早期的穠麗鮮艷轉為沉潛凝練，引起各方爭議甚巨，我個人則獨排眾說、更偏好近期作品，我從您的轉變中清晰地感受到一個詩人如何「成長」，毅然擺脫「過去」的陰影，也不受潮流的羈絆，搗實了經驗與思維在生命中的意義，像火鳥重生，自技巧和本質的雙重領域找到一條令時人覺得隱微的道路。當然，在這種變遷過程中，令讀者和批評家感到空白的十年生涯，確是一個耐人尋味的「謎團」，可否請您現身說法，談談「復出」前後的心路歷程與詩觀變遷。一般而言，臺灣大部分詩人創作力（不僅就「量」的比較，也同時包括「質」的考察）的衰竭遠比歐美詩人為快，就此也請您跳脫開個人創作的經驗範疇，來談談一個文學家如何保持他的藝術生命。

　　答：戰後五十年代開始，臺灣現代詩逐漸形成新傳統，已是不爭的事實。猶如一條大河有其主源及支源。雖然將之擬意為「河」，而我寧願用「川」字，因為其「源」既不一，其「流」亦如水字，並比著而各自地向未來奔去。落實一點講，這些源流仍是在外貌上由詩社主導，但詩人卻如水花一樣洄漩翻滾，有時聚而形勢，有時則各唱各

的歌。至於臺灣新傳人的藝術生命是否較歐美詩人為短,這倒不一定是一個統計上的真實。一般說來,我們知道的歐美詩人都是「主要詩人」,換句話說,多半是終身創作的詩人,即使是這些詩人,也有其藝術生命的間歇期,有的長達十年,像梵樂蒂,弗洛斯特。在臺灣與我同輩的朋友,主要的創作者都在活躍狀態,即使少數的兩三位,也很難說他們的藝術生命的終結或竟是正處在間歇期間,寫詩的人將心比心,如果詩的藝術是一個生命,則與其肉體生命是共生的,說得玄一點,即使後者死亡,前者也許還會形而上的活著。有人動輒以「江郎才盡」這種謔語嘲弄個別創作態度和發表作品的多寡現象,是不看重詩人原是以性靈行為作為生命的執著,而不是以傾售成品來創造所謂「帶領風騷」的市場活動為目的。你問到我個人的經驗,我約有近十年(1968-1978)未發表主要作品,說來可笑,只是因為沒有適當的「園地」給我發表。往昔我的作品只刊在幾個有限的同仁刊物上,六八年起的五年我在愛荷華寄居,要想讀讀新作品,就必須到安府(安格蘭教授和聶華苓教授的家)去借閱,當時尚在出版的主要詩刊,和一些老友的詩集,甚至賀年卡,都年年期期恭恭敬敬地具名送上安府(有的與安氏夫婦有一面之緣,多半未謀一面),當我從書堆和卡陣中去印照我的舊情,卻生出與臺灣「詩壇」的疏離感,直到瘂弦重訪愛荷華做了長夜的對話,五年後又到耶魯來看我。瘂弦性靈內蘊,人情為表,這是為甚麼他在藝術觀上能涵容川中各流,他對人溫雅,其實是他延伸藝術鑑賞力的自然表徵,因為他沒有所謂的「潛雜心理」(Complex),所以處世落落大方。一九七九年,《時報人間》與《聯副》同為詩人主編,信疆請就近在耶魯做研究的鄭淑敏女士與我就寫作經驗對話。在是年詩人節,瘂弦與我的對話,淑敏和我的對話,巧合的同時在兩報全版連載兩日,雖然我的談話沒有說出個所以然來,然而卻旁證了一件事,就是詩人的藝術生命不因為新作品未出

現在讀者眼前，就意味著在讀者的心中消亡。這裡我還要特別感謝信疆，從簡單的越洋通話中，喚起我久已沉伏的所謂藝術使命感，對藝術生命從有些虛無的過去進入另一層次的體認。

「讀者殷切地希望能看到你的新作。」信疆說。我對現代詩各種表現技巧包括像〈衣缽〉這樣抒發情操的長詩在內，自知有些心得。現代詩是「橫的移殖」這一說法在技術性上是一正確的說法。就因如此，現代詩具有全套的功能，足以在文學藝術的領域中完成不同的任務。技巧，詩的現代建築學，使詩人的思想和情操即使是非常傳統的（像友情、離聚、悼殤、失意等等），或是非常細瑣的（例如鄉土、家居），以及浪漫的、童稚的，這些看起來是反「現代」的質素，卻也都以奪得天工的手法製成經得起時間鑑定的藝術品（爐火純青的現代技巧不是一般人看得出來的）。情操一詞，是性靈外露更近於生活實質的代語。多數人在中年以後逐漸趨向於「傳統」，寫一首詩，不再以只是一個美的構成為滿足。在我認識的一些傑出詩人過了中年，感覺新詩體不足以簡言抒發傳統的情操，就再回頭借助傳統詩的形式。豈不知傳統詩的「各種體」的「功能」，現代詩都能以「各種體」發揮其不同的「功能」，傳統的古體、絕、律、長調、小令。現代詩的作者如善用語言，從現代口語（包括外來語）和古文的聲韻結構中「精確」地析出其音質特色，而製成現代的「各種體」，必能適應抒發不同情緒的需要，上面說的「精確」一詞不是一個科學的要求，其實只是詩人在特別專注情況下的音樂感性，所以它常常是因人而異的。除了音樂性（節奏等），現代詩的象徵和移情手法，句型排列以及大量的使用暗喻、經營意象等，又非傳統詩體所能勝任，這便是我回答你的問題。這十年來，詩風沉潛也罷，凝練也罷，我的「意圖感」（剛才誇張地使用了「使命感」），是著力於我能掌握的技巧，將中年詩人的詩想情操依其需要的形式分別以現代詩體表演出來。這

可以由《燕人行》和《雪的可能》兩個集子中「雜然賦流形」的個別體態中看出端倪。

問：在中國新詩的發軔期，包括沈尹默的零星詩作（如〈人力車夫〉）、胡適的《嘗試集》與郭沫若的《女神》，不僅背負著文學、文化革命的使命，其中也隱含了社會、政治革命的因子；三〇年代的「左聯」詩人作品、乃至抗戰時期詩歌，都直接觸及了政治問題，甚至與現實政治轇轕難分。就臺灣現代詩的發展來說，遠在七〇年代末期部分新世代的詩人高唱「政治詩」以前，五、六〇年代「現代派」（「現代派」的信條中就有反中產階級文化的成分）以降出現的若干詩作，除了表現出詩人對歷史、文化的關懷外，其實往往含蘊著噴薄的政治慾望和社會改革的挫折。大體而言，不受寫實主義拘泥的這些作品，較七〇年代末期起步的「政治詩」擁有更豐富的藝術價值，也將詩人們的焦慮不安和修正社會的企圖含蓄地潛隱在詩篇的表層意識之下，瘂弦的〈深淵〉、余光中的〈敲打樂〉、羅青的〈吃西瓜的方法〉都是隱晦卻不失具體的例證。臺灣詩人對於政治、社會的權力慾望和挫折，是一項尚未被中外論者發掘的重要現象，關於此點，希望能得到愁予先生的看法。

答：這個問題我可以簡答，不是縱觀，仍是由我自己談起。我之成為「現代派」最初簽署的六個人之一，不是為了某些人說的「湊趣」。我在中學時就收藏了一本曹葆華等翻譯的《現代詩論》，早已影響我創作的意識活動。對於「現代派」的「信條」，不可以做法律觀，對「現代派」同仁並無行為規範作用。如果當時稱之為宣言可能更為恰當。紀弦對詩有一個強烈的現代化意願，其態度是兼容並蓄的。在「信條」的最後一條有「反共愛國」的字樣，那是因為現代詩

是由個人表現自我的思想為出發點，本質上即是反共。但當時的文藝政策遵從的是以組織對抗組織的反共鬥爭政策，個人主義的文學即被認為是逆流。紀弦是極厭惡甚至恐懼政治干預的人，卻以其堂堂正正的政治信念，寫出極為出色的作品，他自稱是「政治抒情詩」，那不是「檳榔樹」而是「在飛揚的時代」。然而，納有許多軍人成員和優秀詩人的「現代詩社」，仍不免受到政治性和文學性的雙重懷疑，不久有一個詩社成立，其開宗明義就是要與「現代派」的主張對著幹。紀弦為了純粹現代詩的發展，委婉曲存在時勢之下，看不出他還敢存什麼社會結構的權力慾望。至於七十年代，我和臺灣詩壇較有距離，但也讀了不少年輕人的詩刊，基本上我個人認為許多詩人正在對鄉土、社會和政治付出關懷。我生平的第一首詩寫的是〈礦工〉，我來臺在《野風》發表的第一首詩是〈老水手〉，在《鄭愁予詩集Ⅰ》中收有一首歌謠風的〈板車伕〉，我很喜歡，其中寓意不便在此說明。我們可以看出來一般年輕詩人的兩大寫作原動力是「愛情」和「對人道的關切」，如果進入人文的境界，則會涉及生命、信仰等初層的概念。你所舉的作品例子如〈深淵〉和〈吃西瓜的方法〉，實在是超越了上述七十年代一般社會關懷的層次，也就是說，已進入了文學和美學的層次。這不但超越了政治、社會，也超越了哲學、信仰、意識形態等等。對這個問題我不夠資格做一個歷史性的縱觀，但從詩的本身了解，高層次的詩在文化意義上是超越了政治和社會結構權力的慾望。

問：臺灣詩界最奇特的現象之一，就是若干詩社的「龜壽鶴齡」已創下世界記錄。這些五、六〇年代崛起的詩社，在八〇年代面臨了社性與主張如何延續或者改裝、易容的問題；它們歷經數十年歷史的種種滄桑以及內、外在考驗後，即令已獲得當代暫時的定位，招牌卻

已不復新穎。摒除新興詩社的競爭因素不論，內部的調整顯然是最重要的課題：不收容新血輪或提出新觀點，就會淪為聯誼性社團；詩社的刊物如果兼容並包、百家雜陳（換言之，就是不表張「立場」），也會變身為中性的文學雜誌，喪失了同仁刊物戛戛獨造的特質。愁予先生曾經參與《現代詩》復刊的作業，是否也請您談談「元老詩社」如何突破僵局。

答：當我要回答你這個問題的時候，我慚愧地自招我自己也已老大。當一九八二年《現代詩》的復刊成為事實，就有人揶揄《現代詩》的復刊有什麼新意義。其動機，我們不去分析了，但確使「元老們」警覺「復刊」雖不能是老皇族的復辟玩意兒。後來同仁間私下交換了意見，梅新毅然退出編務。年輕的主持人甫坐妝臺……《現代詩》一張清新的臉一點皺紋都沒有了。前些日子我突然收到《創世紀》的信封，年輕的主編來函邀稿，驟像三十年前詩友來信索詩，還帶著酒味，使我驚喜異常。你不是問我對老大詩社有如何突破的建議嗎？我覺得，元老們多掏些腰包，支援年輕的同仁放手去幹！少寫些理論，元老們肯定自家那是元老的事，而貶抑他人卻造成年輕一代建立多樣的風格的障害。

問：從另一個角度來看，臺灣詩界的運作——尤其是詩人、詩刊、詩社的合縱連橫與鬥爭傾軋（包括了意識形態、政治歸屬、私人情感與利害關係的種種衝突），以及各種傳播媒體對於現代詩的態度，也構成了詩潮不斷波動、轉向、瓦解與重建的循環。詩界的權力結構與詩人們的「文化生態」等等問題，對於曾經身置其中、如今又超越其外的您來說，是否是一個和藝術看似無關、卻又影響藝術發展的環境制約？這種情境是否足以構成年輕一代成長的桎梏？

　　答：所謂的文壇的權力結構，在現代的消費社會應該沒有存在的重大意義，作家和作品才是產生價值的硬體。以美國的現象來看，大眾傳播媒體與文學發展是兩條路線，文學擁有自屬的刊物，與一般了解的大眾傳播媒體的電視、新聞紙、新聞刊物無直接的血緣關係。以《紐約時報》書評版為例，其對待文學書籍與對待其他類別的書籍是一視同仁。而臺灣情況容有不同之處是，新聞紙的副刊向來是文學作品的重要媒介物，難免教人產生大報副刊具有權威形象。文學，什麼樣的「文學」應該是大眾讀物或本來文學就該是小眾讀物，這恐怕不是作品本身優劣和如何從屬的問題；在不同的社會體制下，有的是以意識形態掛帥，有的是以商業營利掛帥，我想這實在是一個媒體本身優劣和如何從屬的問題。作為大眾傳播媒體的新聞紙其對象顯然是大眾，無論是什麼意識掛帥，都不免在選登作品時產生了侷限性。保守，也可能是侷限性之一。我個人覺得文學的發展如果依賴大眾傳播媒體，其標的應是普遍為先，提高為次。若欲以「提高」為首要，恐怕文學雜誌和同仁刊物才是更捷速的途徑。臺灣現代詩和現代小說在五、六十年代得以精進，文學雜誌和同仁刊物是功不可沒的。然而，歷史總是向前推演，現代社會的任何一種機構組合，時時在努力的事務就是防止老化，一般說來，各行各業都有一套「內制」（build in）作法，以保持生命力的永遠青春。臺灣搞新詩的一些詩社，多半不是公開的和親大眾的組織，這也沒有錯，因為詩社原本就是同仁組織。但歷史向前推演，元老級的成員在被尊和自況的雙重影響下，不免就帶有「家長」的味道。溫婉的家長，至多把詩社潑染上封建家族的色彩，樹起牌位，制立宗法，用情結約制同仁的創作活動。如果有胸懷壯志霸「業」天下的家長（包括商「業」思想在內），則不免要網羅謀士（可以名利共享的理論家），使出獨尊一家、封臣授印、以及合縱連橫的手段，甚至驅使年輕同仁四出叫陣，弄得壁壘分明，把詩壇

搞成戰國局面。這真是一個大黑暗了，不僅使詩人的品格日下，互無
敬意，也使詩的學術尊嚴沒落，其客觀性和教化的作用盡皆喪失。年
輕的一代，在今日工商競爭的社會本就難獲一孤獨超脫的心靈境地以
從事純淨的創作，一旦作為精神依托的詩社因為老大而變了質，不論
這詩社的元老們是為了立大統、爭大功；或竟是搞小名、圖小利（商
禽用語），都是以使年輕的一代陷入前人野心的淵藪。文學本是由個
人的點出發。而擴及到人群的面的作業，任何形式的公社制度，都是
從根苗上毒害詩的生產。（這是給年輕詩人做集體墮胎啊！）

——選自《臺北評論》1期（1987年9月）

山水常青詩情在

——有使命與沒有使命的鄭愁予

黃智溶

　　詩人鄭愁予，是臺灣少數幾位極負盛名的詩人之一，其抒情作品如〈錯誤〉、〈如霧起時〉、〈船長的獨步〉……等，均讓人琅琅上口，所謂「有自來水處皆能誦愁予詩」，去年《中國時報》舉辦「影響三十」，票選出三十本最有影響力的書，其中唯一入選的一本詩集就是《鄭愁予詩集》。其影響力之所以歷數十年而不衰，自有其過人之處，其中奧妙，喜誦「鄭」詩者，皆自有會心之處，再聆聽詩人自己娓娓道來時，更能有探索源頭，歷經山重水複，終於撥雲見日、豁然開通的「神會」之感。

　　沒有艱澀的理論，詩人直接指出「情」在詩中的主導地位，不論是寫哪一種詩，有感情，才不會造作、才不會被時間淘汰，一詩緣情而綺靡」，這雖然祇是一句千年前的文學辭語，放在鄭愁予的身上，卻散發出歷久彌新的全新氣息，而唐詩的典雅與宋詞的幽細，在他的手中，竟也融合為一，再創新的抒情之脈……

　　本刊就詩人與臺灣的關係，包括：早歲來臺的情形、臺灣詩壇發展、詩人對臺灣年輕人的影響，以及返鄉探親後的觀感等問題，做一簡單的論談。

　　問：你雖然身在國外，卻也時常回來臺灣，可否談談你對臺灣的

感情？

答：這是一個很大的問題，一時之間恐怕很難詳述，但是打從早期的詩作如〈燕雲組曲〉，裡面都是描寫臺灣的山水，我寫山水，並不只是做外表的描述，而是整個人的介入，將山水人格化了。在臺灣寫了這麼多的山水，讓我慢慢地感受到，山對我而言，是女性的象徵，但是，如果是國外的山，就不可能那麼投入，頂多寫一首。

我剛來臺灣的時候，還是個十五、六歲的大孩子，本來想要跳級念大學，沒有成功，就去讀新竹中學，這所學校也出了許多人才，如李歐梵、張系國……等。他們都是我的學弟。我熱愛臺灣，這是大家都知道的，除了特別原因，有一段時間不能回來，否則，我定會常回來的。

問：你曾經回去過大陸的家鄉，可否談談你內心的感受？

答：對一位寫詩的人而言，他對時間的感受力是最強烈的，時間在大自然中的效應可分為兩種，一種是變的，例如滄海桑田；一種是不變的，有時是你自己，當一個人面臨景物全非的世界，就會產生很大的感慨，而詩人就是把這個感想表現出來。我回去過我童年住過的地方──大陸河北，因為變易非常的大，讓我感慨良深；從文化上來講，它有新的文化，好的、壞的都有，但是從文明的角度來講，卻降低了，文明是在文化之上，文明沒有好壞之別，只有文明、不文明的區別，文明就是文明，不對就是不文明、就是野蠻，對大陸而言，文化是較豐富了，但文明的層次卻反而降低了，這就是自然在時間的效應中讓我們從靜裡面感覺到動，從動裡面感覺到靜，這已不是美不美的問題了，而是詩人的敏感度特別強烈。

　　我是一九八一年的時候和六、七個朋友一齊去的，第一次去的觀感很失望，因為城牆都被拆了，中共認為城牆是封建勢力阻擋、壓迫農民革命的東西，這是意識形態的問題，另外是為了現代化和經濟問題，拆城牆，填護城河，改成大馬路或下水道，中共的部分領導人都有遊學歐洲的經驗，應該知道歐洲人對歷史文化是如何的維護，他們卻將大陸的古蹟，做了很嚴重的破壞，實在令人費解。

　　問：可否略述臺灣現代詩壇發展的情況？

　　答：從《詩經》開始，中國的詩本身肩負有一個任務，就是「改革社會、教育群眾」，以及協助政府宣導的功能，以彌補法令的不足，孔子把《詩經》當教科書，也把它當作一本哲學書籍來看待，用來學習倫理的規範，詩的這樣一個傳統，一直都沒有斷過，即使到了五四的時候，胡適先生雖然提倡白話詩，卻還是繼承這樣的傳統，他提倡的原因，並不是因為白話比文言美，而是因為白話比文言更容易教育群眾，他的目的是要救中國，所以當時劉大白、沈尹默……等在《新青年》發表詩，裡面就有兩首是寫「人力車夫」，為人力車夫抱不平，這種有任務的詩，一向是中國詩的傳統。大家都怪郭沫若寫政治詩，而他早期也寫抒情詩，只是他後來的政治詩寫得太造作、太荒謬，失去了詩所要求的真；直到抗戰時期的艾青，這個傳統還一直持續下去，共產黨最會利用詩的這種特性，來作為政治宣傳的工具。

　　當然，三〇年代的詩還有另一個傳統，就是藝術的傳統，受當時法國詩的影響，例如李金髮、戴望舒……等，他們的詩，大學生和青年詩人、讀者都很喜歡，但是卻很難懂，李金髮的詩，雖然很多年輕人喜歡，那是因為它的語言很新，但是他的詩作，即使是大學教授，也不是很容易閱讀的，所以它始終在文人的思考中，不佔重要的位

置。以詩人聞一多為例,他早期極力鼓吹藝術性的詩,質疑寫「人力車夫」這類作品,是給誰看呢?因為人力車夫即使是白話的詩也看不懂,詩還是給文人看的,但後來抗戰事起,終究扭不過這個自《詩經》以降的大傳統,成為一位「為民請命」的詩人;中國的文人自古以來,就有一種人道主義的精神,要救國、救民的悲天憫人情操,到最後還是這個正統佔據詩壇的主位。

抗戰時,大家一致對日,詩壇也不例外,詩壇盡是抗戰詩的天下,抗戰以後的內戰時期,左派的詩佔據整個詩壇,其中聲音最大、最響的是胡風派的詩人,他們其中有些人是各大報副刊的編輯,代表性的刊物是《詩創造》,在上海出版,當時也只有上海養得起詩刊。

到了臺灣之後,才由紀弦等人恢復現代詩中藝術性的這一流派,但是紀弦本身也出版了政治抒情詩集《在飛揚的時代》,它還是屬於正統的詩,因為當時中共要打過來,需要喚起全國軍民,一致抵抗,否則就沒有自由寫作的可能了,至於中共,當然也都是這一類的政治抒情詩,只是寫的對象不同罷了。

這一些「有使命的詩」,不論它是革命的、無產階級革命的、抗日的、反共的,這類詩裡面不乏好的作品,但是它很難流傳下去,因為時代一過去,無論你寫得再好,別人也沒有耐心去閱讀,除非是做詩的專門研究;詩雖然可以去研究它,但詩的存在目的,主要卻不是作為研究用的,是讓人傳誦、記憶的。這是我對詩的看法,簡單的說,就是分為「有使命的詩」和「沒有使命的詩一兩種,藝術性的詩,可以說就是「沒有使命的詩」;愈是「沒有使命的詩」,它反而愈好,對年輕人來講,「有使命的詩」,他看了以後並不會感動;「沒有使命的詩」剛好和年輕人「不要使命的苦悶」相合,這種情況,在三〇年代就已出現過。

問：你如何從寫「有使命的詩」到寫「沒有使命的詩」？

答：「有使命的詩」和「沒有使命的詩」這兩種我都寫，因為我生在一個寫詩必須有使命的時代，中國人真苦啊！在大陸上，抗戰時雖然我才四歲，有些景象卻記憶非常鮮明，這個苦難，不是五十年後，日本首相道歉兩聲就一筆勾銷的，這個大苦難，不是那麼簡單的。假如說，我懂得提筆寫詩的時候，如果連這種感情都沒有，把它放在一邊，然後寫一些「沒有的詩」，這是不大可能的事情，那我就變成一個嬌生慣養、足不出戶的特別人物了。

問：最近有一個活動「秋詩篇篇」，將新詩譜成曲來演唱，這樣是否有助於新詩的傳播？人們在歌唱之餘，是否會興起重新閱讀新詩的興趣，使新詩更為普及？

答：這是有可能的，例如徐志摩的詩，我有時候唱一唱，就想去翻一翻他的作品，當然，這個情況也是不多，詩變成歌之後，可以說就變成另外一種藝術品，有的詩，如果內容的層次太多、含意太深，就沒辦法譜成曲，即使勉強譜成曲，也沒有人喜歡唱，因為一邊唱還要一邊思索，許多很好的古詩，之所以沒有譜成歌曲，也是因為內容太深的原因。香港曾經舉辦過「詩選舉」，選出大家最喜歡的唐詩，結果選出的第一名是人人會唱的〈慈母吟〉，這是一首六句的五言古詩，這類古詩在《全唐詩》中可以找出好幾百首，其中譜成曲子的還有李白的〈閨怨〉（長安一片月，萬戶搗衣聲……）、王維的〈送別〉（下馬飲君酒，問君何所之……），這些都有人唱，也都列入選舉，但是〈慈母吟〉不但曲子平易，而且內容流露出全部親情與倫理關係，富於教育與使命的意義，這類的詩較能引起廣大社會群眾的反

應，從事現代詩創作的人大都恨死了「有使命的詩」，認為這不是純詩，我個人寫詩則是兩邊並重，視當時的情況而定。例如我寫過《衣缽》，是為了紀念　國父百年誕辰，是發自我內心的真感情，也樹立詩人（我）在自己詩中的位置，這是因為我從小在苦難中長大，也因此形成了我的性格。

問：你的詩集曾入選「影響三十」，是公認最具影響力的詩集，不知你的讀者是否有特定的年齡層？

答：根據市場調查，買流行音樂唱片的年齡層是在十四與二十出頭的年輕人，所以流行歌曲唱片一出來，能不能打開市場，造成轟動，甚至擠進前十名，端看這些青少年要不要買，他們想買，就買；不買，再怎麼做廣告也沒有用，因為他們興趣的焦點、智力、文化背景，讓他們很直覺地去決定要什麼，而不必仔細思考。

而新詩的讀者，他們的年齡是從十五歲到讀大學這一階段，我自己寫詩，也是從十五歲開始，這一階段讀詩的人最多，他們往往喜歡純粹的抒情詩，像《夢土上》、《窗外的女奴》……等，我在二十五歲前寫的作品，這些作品最能夠直接打動他們當時的心靈。

問：你一定時常遇到崇拜或仰慕你的讀者，可否談談這方面的趣事？

答：我現在還時常在無意間，遇見我的讀者，上次在南部鄉下的一家小麵館，因為同行的朋友想要喝點小酒，但老闆說飯館不允許喝酒，同行的朋友就介紹我，說這位是詩人鄭愁予先生，老闆又驚訝又高興地說，有鄭先生在，可以喝酒，這時飯館內有一位三十多歲的年

輕人，卻突然走過來，向我打招呼，說他以前心情不好，什麼事都不想做，什麼書都不想讀的時候，就讀我的詩，說得很誠懇，然後他回家去，拿著一本詩集要我簽名，特地帶來一瓶珍藏多年的金門陳年高粱酒，要送給我喝。類似這些情況，發生很多次，這些人從十多歲開始讀我的詩，到了現在三十幾歲了還在讀。

　　所謂影響，不僅是對新詩的創作者而言，而是影響到許多讀者的情操，我寫這一些詩，本來是沒有使命的，後來卻變成有使命了，具有教化和潛移默化的功能。有一次，我在一個PUB喝酒，當寫詩的朋友和櫃檯談起我的名字，當場就有兩個年輕軍官，一位是憲兵營長，一位是憲兵連長，他們都是軍官學校畢業，長得很挺，現在是負責總統府的警衛安全，邀請我去那邊坐一下，他們不僅喜歡我的詩，而且還能背誦我的詩，一邊說著說著，PUB的老闆知道是我，就過來和我握手，這位老闆的旗下有許多企業，這家PUB只不過是他一個好玩的地方而已，他看到我們幾個朋友喝了一大堆啤酒，就說這些由他請客，還說：臺灣除了小孩子以外，沒有不知道鄭先生大名的。

　　雖然，讀詩的人都在十七、八歲到二十多歲，很少看到三十歲以上還在為新詩著迷的人，只有看到三十歲以上的人不再讀新詩了，但是他們還都記得我。我的詩集，固定每年都賣兩、三版，也就是說每年固定有新的年輕人成長了，其中有兩、三千人開始讀詩，當然也有許多老師會推薦給學生閱讀。

　　問：你在美國時，依賴哪些報章雜誌來獲得有關臺灣的資訊？

　　答：我通常依賴的是報紙，例如《聯合報》和《中國時報》，主要看的是副刊，新聞方面我看當天的《世界日報》，《世界日報》是全世界最好的華文報紙之一，臺灣、東南亞以及全世界華僑的新聞都

有，當然，歐洲和世界新聞也都有，此外，還有一些文學刊物，這些
都是我關心臺灣的資訊來源。

──選自《幼獅文藝》82卷4期（1995年10月）

人道關懷的詩魂
——專訪鄭愁予先生

林麗如

從大陸、臺灣到北美，
空間的漂泊、時間的消逝，
鄭愁予在詩中傾吐家國之思、浪跡心情，
以及無常的人生觀。

鄭愁予，本名鄭文韜，河北省人，民國二十二年生。
國立中興大學法商學院畢業，美國愛荷華大學藝術碩士。
曾任美國愛荷華大學東方語文學系中文講師，現任教於耶魯大
學東亞語文學系。
著有詩集《夢土上》、《衣缽》、《鄭愁予詩集》、《刺繡的歌
謠》、《寂寞的人坐著看花》等十多本。

　　九月的臺北，大師的光芒帶來八卦之外的清新空間，去年因美國
九一一恐怖攻擊取消來臺行程的諾貝爾文學獎得主沃克特翩然抵臺，
重量級詩人鄭愁予、余光中、楊牧因此齊聚臺北、和沃克特一起朗誦
詩歌，所以，鄭愁予回來了。為了這場詩人們的圓桌會議，鄭愁予謹
慎、認真地花了將近一個月的時間進行相關閱讀，隨手翻開身邊幾本
沃克特詩集和訪問集，上頭密密麻麻、多重顏色的註記，證明了他如

何看待這場詩的邀約。

　　匆匆回臺五天，這場詩歌的饗宴帶給他諸多情緒。在圓桌會議上，除了主持人、觀眾提問，臺上幾位詩人彼此之間沒有交流機會，加上時間限制嚴格，鄭愁予沒能提問，也沒能回答到任何問題，對於未能在現場帶給臺下觀眾更豐富的對話，他甚感可惜，遑論他為讀者所準備的針對沃克特作品提問，也就不了了之了。

　　來臺五天，他抽了空給《文訊》，在一個微涼的上午，我有幸獨自傾聽詩人朗誦近作〈9/12十四行〉，雖浪漫，但詩的意境卻令人掉入沉重、嚴肅的生命之歎：

〈9/12十四行〉

民鐵吾號高船在煙霧中下沉了，
兩具頂天桅桿斷裂頃刻的巨響震開天頂，
一面殘破的旗載著眾多的水手飄上邊際，
俯望啊可憐只見空洞的漩渦在海面歸零。

陸地何處去了？空留海上三百六十個方向，
很難分辨銀鱗紫藻泡沫狀的毛髮，與手燈的餘輝鷗的影子朝陽
火把的灰燼，
水手的悲哀正如死者的懵懂不知身在何地。

人類何處去了？天之外時間的甬道錯亂了古今？
忽聽得洪荒恐龍的戾嘯間雜著最後一個嬰兒輕啼
而整整的二十四小時千千萬萬的鐘塔搖得山響
響給誰聽？上帝與上帝們正在創造另外星球的人類。
不能重複的遊戲重複創造兩類人——親人和仇人，只見
一群歡慶的乘客正是清醒的鑿船者改乘卿雲而去⋯⋯

此詩完成於九一一事件一年後，整個狀況實在太複雜，難以一筆
說清，面對人類文明的差異性，不光是單純的文化問題，於是詩人必
須給自己一點時空上的距離，把這場深痛的人類經驗以詩的意象、暗
喻手法呈現。鄭愁予以沉船意象暗喻文明毀了，「民鐵吾號」則象徵
曼哈頓，詩句中「人類何處去了」暗指人性不見了，在錯亂的古今，
洪荒回來了、恐龍出現，對災難後的意象深深刻劃，鄭愁予跨越了種
族的界限，直指「不能重複的遊戲重複創造兩類人 —— 親人和仇
人」，他說將來在專欄內，會將全詩的含意一一拆解。從九一一文明
的差異，延伸的話題便是文化問題，他目不轉睛地盯著電視螢幕的整
點新聞，感慨臺灣雖有言論自由的文明，但可惜的是缺少對人的尊
重，他認為這點是臺灣亟待加強的部分。

一 反覆推敲形成詩的樂趣

一年多來，他只發表了這首深沉的詩作，其他尚未發表的，有的
是未完成，有的醞釀了，有的寫了還待修改，他寫詩一向如此，保有
對詩藝術品創作的神聖態度。他坦言寫詩的過程修改得厲害，每每對
字義、字音再三推敲。他曾對詩志業提出「四不朽」的做法，即立
德、立功、立言之外，立美尤其重要，寫作時下功夫斟酌節拍和弦
律、韻律，修改了還是不滿意的就先擺著，隔一陣子拿出來再改，再
覺得寫不好便另起爐灶，整個再三反覆推敲的過程，他認為便是創作
詩的樂趣所在。

相較於時下大行其道的網路詩，鄭愁予還是喜歡琢磨出來的手
稿，他一語中的：「網路上的東西又快又多，一按鍵盤就發表，裡面
的材料多於成品，不成熟的東西太多了，雖然其中可能不乏好的意
象。」

　　至於對詩評的看法，他直言：「以批評理論論詩難免隔鞭搔癢，沒有任何一個理論是永遠有借鏡的價值，以任何主義套用於創作，對寫詩的人而言都是陷阱。」他個人的經驗是在某些演講場合，談別人的詩，總有些不夠實際的感覺，也恐有誤導讀者的可能性，他在《聯合文學》「鄭愁予談自己的詩」專欄內說：「讀詩的人見到庭園倒不必進入堂奧，語言、意象、節奏都是建造庭園的要素，而堂奧有時只是詩人的秘密。」雖然如此，他在這個專欄內還是盡可能為廣大讀者一一拆解當年詩作所埋的密碼。

　　名作〈錯誤〉傳誦至今，曾有一說是：「在臺灣，不知道鄭愁予的人，除非是『文盲』，而不熟悉〈錯誤〉的人，恐怕就是『詩盲』了」（王宗法《台港文學觀察》，安徽教育出版社出版），這首被喻為現代抒情詩的絕唱，不久之前，在臺灣曾有人質疑全詩把男人主義心態描繪得淋漓盡致，另一首〈情婦〉亦遭受相同批評，鄭愁予怎麼看這個父權意象的解詩？他一點都不以為意，認為若遍讀過他的詩，就會了解他的創作手法，不致有這樣的誤解，當然，重點是，任何人都有解讀的權利，一首詩若能開發很多角度也是有意義的，他特別強調，不光是中文詩，英文詩歧義性更易出現，這也是「鄭愁予談自己的詩」專欄自今年五月起推出的意義，他解自己的詩，談詩的生活，針對詩的表現手法等技術性問題自己註解，目前為止，這個新嘗試還不知道讀者的接受度，但起碼為「愁予風」眾說紛紜的解詩，提供了清晰的詩路。

二　喜歡拜訪詩人的故鄉

　　鄭愁予將對政治的諸多感慨寄託於情詩是眾所周知的，喜愛登山、觀海、旅遊的他，所寫的旅遊詩也是有所寓意。他每年必有出遊

計畫，今年七月，他再遊英倫三島，八月，去了一趟加勒比海，他喜歡拜訪詩人們的故居，揣想詩人們寫詩的情境，他在愛爾蘭訪了希泥、葉慈的家鄉，一探葉慈詩內所提到的海洋，對照楊牧的花蓮海濱生活、自己的河北臨海的遙遠故鄉，和來自中南美洲聖露西亞島的沃克特……他歸納出一個共通點：「居住在海島上的詩人，詩作都有相當的音樂性。」海島文學的特質，他言簡意賅。

「詩要留在記憶內，而非在書頁上」，他引沃克特的說法，說明詩人們重視音樂性的最大宗旨。他分析自己和沃克特相似的地方：「對語言尊重的態度，非常注重音樂性」，沃克特詩作受到艾略特、葉慈等人影響，這位諾貝爾文學獎作家也不諱言寫詩之初是模仿幾位大家，鄭愁予認為沃克特的作品是非常英國詩的手法，很多海洋、宗教的味道，在基本功之外，對藝術的重視是他們兩人創作詩路接近的地方，沃克特對語言的尊重、開發英文更遠更深的發展，鄭愁予則開發口語的、現代的白話中文更豐富的可能性。

近作〈9/12十四行〉中，熟悉的船桅、水手、海的意象復又出現了，鄭愁予其實只有短短的航海經驗，來臺時乘坐海輪的興奮之情迄今記憶猶新，後來在基隆港務局工作，碼頭和商船的日子，讓他同時體悟大海的深情和嚴酷，海觸發年輕敏感詩人的每一條神經，和他的無常觀合而為一。

三　無常觀直指生命

法商學院出身的他，有深厚的中國古典文學素養，青年時期的浪漫、中年時期的內斂，詩人心境轉變在詩作中表露無遺，熱情漸隱，取而代之的是對人世的悲憫、關懷。鄭愁予詩作透露的無常觀，約莫是眾家解詩中最沒有歧義的一項說法，早年他自己說過這樣的話：

「卅歲曾有人生走盡、死而無憾的念頭。」甚至寫下「活過卅歲便是
恥辱」這樣的句子，登山、觀海、吟詩，無常的人生觀無時不在，鄭
愁予強調，「浪子意識」只是一個詩的表現方法，其實是無常觀直指
生命，有一次的演講內容，他不經意整理出自己自一九四九年就綿延
或隱現的無常觀，演說的題目就叫作「我的無常觀與詩具來」，事後
他自己特別仔細檢視，發覺果真如此，如果停一陣子沒寫詩，再提筆
時，第一首詩的無常觀就特別強烈。

他說，活在革命時代的當下，他總想付出生命，最大原因是自己
的大哥在南京大屠殺中過世，對青年從軍他最是感動，流離的歲月，
隨著父母遷臺，看著人生的無常，漸漸化為自己的生命情調。當年抗
戰的年輕人、六四天安門前的血腥，時空甚至拉到遠在捷克的對抗俄
政權的青年烈士……在在都是讓他感動的對象。他說，印象最深刻的
是自己站在布拉格的VACLAVSKE廣場祭壇，看到捷克政府把這些不
為私我、為公義的年輕死難者視為英勇的象徵，他久久不能自己，感
動到出不了聲音。其他如散詩紀旅，看似遊記，也都不是只有單薄的
一層意義，慣以詩本身的藝術性來表達詩（思）想，這就是鄭愁予。

四　新舊詩集籌備出版中

談到六四，詩的歷史見證呢？鄭愁予說，天安門的流血事件造成
他最密集的「詩的發生」，相關詩作最近已在整理中，前後約有廿餘
首，不全然以鄭愁予之名發表，因為平日自己沒有完善的留稿計畫，
所以已發表的、未發表的，他都得自書牘中一一清理，如今適逢大陸
在求變之時，他認為應該也是出版的時機了，如果順利，他希望在農
曆年前這本詩集可以問世，為歷史的存在價值、為死去的人平反。新
詩集主調有濃厚的抗議意味，針對六四事件也是不少華人情緒的反

應。不光是政治詩，十月甫發表的〈加勒比海盆〉一詩也會收入，旅遊的、環保的、政治上的種種抗議形成了詩集的主軸。除此之外，帶給新舊愁予迷的大好消息是，《鄭愁予詩集》最近也可望由洪範出版社再版，除了重新排版，書頁設計也將改頭換面。

從大陸、臺灣到北美，空間的漂泊、時間的消逝，鄭愁予的家國之思、浪跡心情在詩中傾吐，去年他利用行程上的空檔，回家鄉天津寧河縣一趟，兒時記憶中的蘆葦全不見了（他十四歲到十七歲的時候筆名叫作青蘆，為紀念故鄉薊運河勝景），居住過的環境周圍全變了，商業街道出現，和兒時印象已完全不一樣，母親家鄉蘆臺鎮也在一九七六年的大地震全毀了，一九八六年他受邀去看重建成果，成排沒有創意的建築，除了boring一字，他沒有其他的感覺，鄭愁予幽幽的口吻，似乎是，這個失落的過程也是不可避免的。

五　從未忘情劇本寫作

目前他任教於耶魯大學東亞語文系，是系上首位資深講師擔任駐校詩人，這樣的頭銜讓他可以少上一半的課，多些時間創作，接近退休的日子，除了詩，有沒有可能有其他類型的創作？鄭愁予態度慎重：「有，想寫劇本！一直都想寫。」他提起中學時寫過一個有關養女的故事劇本，從那時開始，迄今未能忘情劇本寫作，因為劇本和詩的語言是精緻的，兩者有異曲同工之妙，和小說、散文的語言不同。未來，他也打算以散文寫自己的故事，這些都還在他腦海中，醞釀著、發酵著……。

鄭愁予在〈九九九九九〉一文內以九為斷年，為自己的寫詩生涯做了初步的分野，第一本詩集《草鞋與筏子》雖然因白色恐怖，被好心的朋友燒了，他的詩志業以及生命情調卻由此可見端倪。「草鞋」

是戰時軍伍得以行進的基本裝備,「筏子」則是逃難民眾跨越河川救命的憑恃,他自己說,「這樣的歷史一定會終結,但也必然會再生,只是載具變了,而人道關懷的詩魂即使一息僅僅,卻也不會消散的。以致〈衣缽〉、〈春之組曲〉,他也向紅色恐怖提出了憤怒,直至一九六〇年代,受邀赴美愛荷華寫作班,生活形態讓他進入生命的新感性,不過他自承,為取得學位完成集子的同時,對故國文化的疑慮卻不免日益沉重。

鄭愁予談自己的詩,頗有要說就把話說得明白的態勢,對書商未經他同意,把《鄭愁予詩選集》改頭換面,擅加插畫,甚至已經非法印刷到百版之多,卻分文未付給創作人的這種行徑,他當然不齒,他心痛的是藝術不該受此待遇,於是,他的詩作題材除了山林、海洋,也以「贈詩」這種中國傳統詩的原型,表現對正面人格肯定,同時又反諷了書商的負面人格。聽到這椿出版史上的公案,書櫃內有冊志文版《鄭愁予詩選集》的人,心緒必定百味雜陳,鄭愁予終於說了出來,我兀自慶幸詩人的俠義情懷不死。

訪談的隔天,他便要搭機離臺,這一趟回來,他去醫院探望好友楚戈,把握上飛機前的不到廿四小時,排滿的行程是和幾位老朋友見面,我們的談話也像簡約、快板的節奏,我一問、詩人一答,已起身道別的我,深感詩人談興未盡,眼裡有一種愁,但說不上是什麼,轉身離去,我卻彷彿聽到詩人的歎息⋯⋯。

——選自《文訊》205期(2002年11月)

國家圖書館出版品預行編目(CIP)資料

無常的覺知：鄭愁予詩學論集 2/ 蕭蕭 白靈
　羅文玲編著. -- 初版. -- 臺北市：萬卷
　樓，2013.05
　面；　公分. --（文學研究叢書）
ISBN 978-957-739-805-5(平裝)
1.新詩 2.詩評

　　　　820.9108　　　　　102009114

無常的覺知

2012 年 05 月 初版 平裝

ISBN 978-957-739-805-5　　　　　　　定價：新台幣 300 元

編　　著	蕭蕭	出　版　者	萬卷樓圖書股份有限公司
	白靈	編輯部地址	106 臺北市羅斯福路二段 41 號 9 樓之 4
	羅文玲	電話	02-23216565
發　行　人	陳滿銘	傳真	02-23218698
總　編　輯	陳滿銘	電郵	editor@wanjuan.com.tw
副總編輯	張晏瑞	發行所地址	106 臺北市羅斯福路二段 41 號 6 樓之 3
編　　輯	吳家嘉	電話	02-23216565
編　　輯	游依玲	傳真	02-23944113
封面設計	斐類設計	印　刷　者	百通科技股份有限公司

如有缺頁、破損、倒裝　　網 路 書 店　　www.wanjuan.com.tw
請寄回更換　　　　　　　劃 撥 帳 號　　15624015